当代诗人自选诗

我的降落伞坏了

戴潍娜 —— 著

《星星》历届年度诗歌奖获奖者书系

梁　平　龚学敏　主编

四川文艺出版社

星星与诗歌的荣光

梁　平

《星星》作为新中国第一本诗刊，1957年1月1日创刊以来，时年即将进入一个花甲。在近60年的岁月里，《星星》见证了新中国新诗的发展和当代中国诗人的成长，以璀璨的光芒照耀了汉语诗歌崎岖而漫长的征程。

历史不会重演，但也不该忘记。就在创刊号出来之后，一首爱情诗《吻》招来非议，报纸上将这首诗定论为曾经在国统区流行的"桃花美人窝"的下流货色。过了几天，批判升级，矛头直指《星星》上刊发的流沙河的散文诗《草木篇》，火药味越来越浓。终于，随着反右运动的开展，《草木篇》受到大批判的浪潮从四川涌向了全国。在这场声势浩大的反右运动中，《星星》诗刊编辑部全军覆没，4个编辑——白航、石天河、白峡、流沙河全被划为右派，并且株连到四川文联、四川大学和成都、自贡、峨眉等地的一大批作家和诗人。1960年11月，《星星》被迫停刊。

1979年9月，当初蒙冤受难的《星星》诗刊和4名编辑全部改正。同年10月，《星星》复刊。臧克家先生为此专门写了《重现星光》一诗表达他的祝贺与祝福。在复刊词中，几乎所有的读者都记住了这几句话："天上有三颗星星，一颗是青春，一颗是爱情，一颗就是诗歌。"这朴素的表达里，依然深深地彰显着《星星》人在历经磨难后始终坚守的那一份诗歌的初心与情怀，那是一种永恒的温暖。

时间进入20世纪80年代，那是汉语新诗最为辉煌的时期。《星星》诗刊是这段诗歌辉煌史的推动者、缔造者和见证者。1986年12月，在成都举办为期7天的"星星诗歌节"，评选出10位"我最喜欢的中青年诗人"，北岛、顾城、舒婷等人当选。狂热的观众把会场的门窗都挤破了，许多未能挤进会场的观众，仍然站在外面的寒风中倾听。观众簇拥着，推搡着，向诗人们"围追堵截"，索取签名。有一次舒婷就被围堵得离不开会场，最后由警察开道，才得以顺利突围。毫不夸张地说，那时候优秀诗人们所受到的热捧程度丝毫不亚于今天的任何当红明星。据当年的亲历者叶延滨介绍，在那次诗歌节上叶文福最受欢迎，文工团出身的他一出场就模仿马雅可夫斯基的戏剧化动作，甩掉大衣，举起话筒，以极富煽动性的话语进行演讲和朗诵，赢得阵阵欢呼。热情的观众在后来把他堵住了，弄得他一身的眼泪、口红和鼻涕……那是一段风起云涌的诗歌岁月，《星星》也因为这段特别的历史而增添别样的荣光。

成都市布后街2号、成都市红星路二段85号，这两个地址已经默记在中国诗人的心底。直到现在，依然有无数怀揣诗歌梦想的年轻人来到《星星》诗刊编辑部，朝圣他们心中的精神殿堂。很多时候，整个编辑部的上午时光，都会被来访的读者和作者所占据。曾担任《星星》副主编的陈犀先生在弥留之际只留下一句话："告诉写诗的朋友，我再也不能给他们写信了！"另一位默默无闻的《星星》诗刊编辑曾参明，尚未年老，就被尊称为"曾婆婆"，这其中的寓意不言自明。她热忱地接待访客，慷慨地帮助作者，细致地为读者回信，详细地归纳所有来稿者的档案，以一位编辑的职业操守和良知，仿佛春风化雨，润物无声地温暖着每一个《星星》的读者和作者。

进入21世纪以后，《星星》诗刊与都江堰、杜甫草堂、武侯祠一道被提名为成都的文化标志。2002年8月，《星星》推出下半月刊，着力于推介青年诗人和网络诗歌。2007年1月，《星星》下半月刊改为诗歌理论刊，成为全国首家诗歌理论期刊。2013年，《星星》又推出了下旬刊散文诗刊。由此，《星星》诗刊集诗歌原创、诗歌理论、散文诗于一体，相互补充，相得益彰，成为全国种类最齐全、类型最丰富的诗歌舰队。2003年、2005年，《星星》诗刊蝉联第二届、第三届由中宣部、国家新闻出版总署、国家科技部颁发的国家期刊奖。陕西一位读者在给《星星》编辑部的一封信中写道："直到现在，无论你走到任何一个城市，只要一提起《星星》，你都可以找到自己的朋友。"

2007年始，《星星》诗刊开设了年度诗歌奖，这是令中国诗坛瞩目、中国诗人期待的一个奖项。2007年，获奖诗人：叶文福、卢卫平、郁颜。2008年，获奖诗人：韩作荣、林雪、荣荣。2009年，获奖诗人：路也、人邻、易翔。2010年，获奖诗人、诗评家：大解、张清华、聂权。2011年，获奖诗人、诗评家：阳飏、罗振亚、谢小青。2012年，获奖诗人、诗评家：朵渔、霍俊明、余幼幼。2013年，获奖诗人、诗评家：华万里、陈超、徐钺。2014年，获奖诗人、诗评家：王小妮、张德明、戴潍娜。2015年，获奖诗人：臧棣、程川、周庆荣。这些名字中有诗坛宿将，有诗歌评论家，也有一批年轻的80后、90后诗人，他们都无愧是中国诗坛的佼佼者。

感谢四川文艺出版社在诗集、诗歌评论集出版极其困难的环境下，策划陆续将每年获奖诗人、诗歌评论家作品，作为"《星星》历届年度诗歌奖获奖者书系"整体结集出版，这对于中国诗坛无疑是一件功德无量的举措。这套书系即将付梓，我也离开了《星星》主编的岗位，但是长相厮守15年，初心不改，离不开诗歌。我期待这套书系受到广大读者的青睐，也期待《星星》与成都文理学院共同打造的这个品牌传承薪火，让诗歌的星星之火，在祖国大地上燎原。

2016年6月14日于成都

目录

2013第三辑　塑料做的大海

2012第四辑　大才华与小容器

第五辑　万花筒之心

| 2015 第一辑 | 坏蛋健身房

帐子外面黑下来

你说，我们的人生什么都不缺
就缺一场轰轰烈烈的悲剧

太多星星被捉进帐子里
它们的光会咬疼凡间男女
便凿一方池塘，散卧观它们粼粼的后裔
你呢喃的长发走私你新发明的性别
把我的肤浅一一贡献给你
白帐子上伏着一只夜
你我抵足，看它弓起的黑背脊

月光已在我脚背上跳绳，顺着藤条
好奇地摸索我们悲剧的源头

一斤吻悬在我们头顶
吃掉它们，是这么艰难的一件事
亲爱的，你看帐子外面黑下来
白昼只剩碗口那么大

食言，就是先把供词喂进爱人嘴里

为了一睹生活的悲剧真容
我们必须一试婚姻

和平是多么不检点
人们只能在彼此身上一寸寸去死
狮群弹奏完我们，古蛇又来拨弄
它黑滑沁凉的鳞片疾疾蹭过脊柱
你我却还痴迷于身体内部亮起的博物馆
辛甜的气息扎进丘脑，雨滴刺进破晓
在这样美的音乐声中醒来
你是否也有自杀的冲动？

遗忘如剥痂，快快抱紧悲剧
趁无关紧要之物尚未将我们裹挟而去

这些悲伤清晨早起歌唱的鸟儿都死了
永夜灌溉进我们共同的肉身
愿我们像一座古庙那样辉煌地坍塌
你背上连绵的山脊被巨物附体

我脑后反骨因而每逢盛世锵锵挫疼

——你的痛苦已被我占有

帐外的麻将声即将把小岛淹没

我渴望牺牲的热血已快要没过头顶

2015年6月18日

幕间戏剧

他指间棺材钉如黑水中疾行的帆船

蓝蟹钳紧它蓝色的瘾

直至瘾烤熟自己

他的爱因而有种恐怖的气氛

走私提香的最后一艘贩船出海前

他将蓝色的火苗印上明信片寄给画中少女

少女战栗地捏住谋杀请柬——

她被邀请担当一场婚礼主演

没那么难，你在梦中杀过人吗？他掐灭烟

没有青春赌明天了，只能拿命来赌

活在黑暗极光和毒酒炫彩里的男人

焦黄的手指搭上青汁饱满的肩

家庭安宁有如墓床里的暴动

是爱人？是知己？少女从裙裾里给他掏出十个情敌

提香清洗过后现出墨索里尼

她立志五十岁后学习抽烟、酗酒、海睡晚起

祝我们都过上不健康的人生！生日宴会上她举杯

酒精渍进身体，有如底片被冲洗

谁都没有告诉对方：脸在变蓝

当他们交谈，磨砂纸蹭过嗓音

没人察觉到自己体内兜着熟食

翻遍词语堆积的岩层

剥开蚝肉般用牙签挑出真心——

正是这些安详了的破碎之物

拼写出风和日丽

2015年6月4日

横身的教堂

乌云扔下来好几斤大墨镜

她戴上碎掉的万花筒，分外看清

床单般的旧影，顺着引擎盖漆面滑脱

教堂的尖顶，由挡风玻璃上缓缓坐起

只要一起床，它就是个巨人

车把路削得锋利

她暗自期许：路再漫长一些，再拷打一些

两侧时时生长的榉树林，正是秋季

变色的季节，满枝举起长牙的小梳和学舌的小镜

她心头的炉子点起来，呼吸都有了重力

生活在烧。即将插入瞳孔的高矗的教堂

烧成硬邦邦的神住的躯干

十一月冻裂的空气在烧。钟声在烧

死亡一页页烧得发光

如同创世以前，拥有完美对称性的宇宙

就在教堂黑色披风背后，她散落的桃肢杏影

出租车似的赶命跑，妖艳活闪的高跟鞋上奔

她们从四面八方自焚着赶来，燃烧地服从——

孤独具有的对称性

插入她身体的，是一座横身的教堂

让这条路淹进无数道路之中

在每一处瑕疵，建造起一座教堂

圣乐来临，狂喜中出席自己的葬礼

影子成为她们最好的坐骑

驮走愈来愈重的自己

2015年4月28日

格　局

这刻起，我们已开始相互欺骗

别信！除了我还爱你，这唯一的真金

我们如今还有什么是共同的？

一座股权平分的废墟，使命、信念还是明天？

没有。连一张纸，一滴墨水都没有了

青山懒起。姑娘，请啜饮你为我酿造的苦刑

向那些欺骗过、坑害过你的人学习

让他们都像我一样匍匐着，看你抽身离去

披散长发犹如折损的树枝

丰臀堪比墓地般庄严

当初是我邀请你加害于我

走进你，像走进一间病房

我还会驶回那罂粟埋尸的黑暗腹地

别怕这分离，但愿人生过得迅疾

你我终于把全部的缺陷攒齐

你六十岁的裸照陪我下葬

别忘了，到最后，一切是平局

2015年3月21日

挨 着

神女眠着

像一所栈房，黑话进去住一阵

白话进去住一阵。一出门

乌漆的山顶，贴着脸面升起

那些最先领到雪的白色头顶

都泥醉了

良知胞妹，连五尺雪下埋着的情热

恋爱是最好的报酬

轻誓如瓜皮，爱打滑了

鬼子母出招：尝一嘴石榴

跟你家官人肉香最近，都酸甜口儿

旋过去了

年岁卷笔刀。得活着

像一首民谣，不懂得老

邪道走不通，大不了改走正道

古代迟迟不来，那就在你的时代

挨着

不殉情了。不殉美了
试一试殉鬼
争吵不断的坟地，喧嚣比世间更甚
无数个死去的时刻讨要偿还
活着的人，以一挡万
你空想的自由
时时为千百代的鬼所牵绊

今天，整个世界都是雪的丈夫
为这粉身碎骨扑覆的拥抱
启程即是归途。紫铜色的臂力
一朵一瞬地掸开

2015羊年春节

坏蛋健身房

你每天睡在自己洁白的骨骼上
你每天睡在你日益坍塌的城邦

对什么都认真就是对感情不认真
对什么都负责就是对男人不负责
餐前用钞票洗手，寝前就诽谤淋浴
你梦醒，从泥地里抬身
你更衣，穿上可怕思想
你读书，与镜中人接吻
你劳作，渴望住进监狱
你生育，生存莫过复制自己
罪恶也莫过复制自己

你拜托自己一觉到死
身体里的子民前赴后继
那个字典里走出的规矩人
那些世世代代供养你的细胞
一天不强行苦练

后天长出的坏蛋肌肉就要萎消

瞧瞧这身无处投奔的爱娇

去他们斤斤计较的善良

还有金碧辉煌的空无

你想用尽你的孤独

2015年1月

| 2014 第二辑 | 灵魂体操

当她把头探出船洞

她眼睛的颜色随耳语变幻
一头幼狮般的海浪窜过——
骤然熄灭的细小片段，拼出
另一半脸，于船洞之阴影

耳语窸窣。细微的动作闪着
光泽。井中发乌的银子
缺乏战争淬洗，这个时代
只敢在自己身上寻找异性

爱与饥饿是世界的枕头
她竖着耳朵，整夜倾听恐怖的乐器
平坦船腹中，她贸然祈祷冰山

开口之前，先演习溺毙
船鞋甩出船嘴，裸身看一回
永不没入地平线下的拱极星
她要活在每一颗战栗之上

睁着上帝之眼

当她把头探出船洞，宛如
亲吻一颗烧毁的恒星
决心点燃——
喉咙上覆盖的那一层薄冰

2014年12月24日平安夜

罗利飞往曼哈顿

黑色电匣

逆行。通向罗马的大道陡然下堕
我们坐进一只快速移动的漆黑电匣
好奇地，在大地上播撒战栗
在缓慢死去的人群中
峻急地穿梭。山丘惊屹

十字架如鹰般压住身下的大地
钝刀之上，抽割着共同贫乏的声音
当人们排队购买细小的公平
黑色匣底，没有城邦的神或兽
掷出尊敬，旧世界的胶片，拥抱过的手臂

一次次复活这尘垢般的时间
毁灭、背叛、交换，值得拥有
罗马人，最终变成了清洗罗马的人
世界还沉溺于剧痛后的宁静
让别人对我们的快乐感到恐惧
穿越歧路，所过之处警报齐鸣

在禁闭的尖哨声中，我们

将整世界的电全部收集

2014年12月13日

Jacksonville

海明威之吻

唇，
是她身上最鲜美的小动物
它天生戴着手铐。
男主人和女主人匆忙起居
连厕所门都挂上钟表。
掰开楼群的灯光铠甲
人们只是卡在阁间里，细弱的瓢
白日干燥地擦过地面

太多年，他们蜻蜓产卵般
活在生活的表面
有个恶毒乡邻一直在他们眼下挖井
无限下倾的来路，就等这一天补平
男人牵着狗，走过
垃圾妓女警察填满的去往大海的小巷

他们不想去碰，不想去碰那座大海
可还是挡不住带血的羽毛粘上外套

唇，被灌食刮了鳞的词句

巨大的甩干机里——

剩一只手铐在躯壳里磕撞，日夜轰响

这是三十三岁的男人和临近三十岁的女人

每一天，他们还试图在彼此身上创造悬崖

他们在用仅有的力气对抗时间

一截吻将他们捆绑

天鹅的交颈

海龟吞吃紫色水母时闭上的眼睛

杀死你，以表达我对你的尊敬

2014年12月4日

夜航班

沙发　是一个肥肉横生的沙发上睡觉的胖子
床单　是一条瘫软的跟张床单儿似的汉子
嘴巴　是专门拿来反刍谎话吐出鲜花的胃
两个人的激情到头来还是两个人各自面对

嘘！谈话乘上了夜航班，在迷雾中
越过身体里的沼泽
匀速的长途飞行等同于绝对静止
穿过这座语言之城的森然骨架，"我会在高高的塔顶等你"
塔底的钟表走得比塔顶上的更慢

"热恋是：我就坐在你背后，可你仍然思念我"
钟摆回过头来，她从污损的骨骼中召唤出象牙的光辉
城市的华毯在脚下铺展，"去，熄了烟，灭了灯
让我向你展示我妖娆的肮脏"

开飞机的孔雀拍击罗盘，"我深知自己此刻的疯狂"
在爱的巅峰，他们却感到了孤独

即便最深刻的激情，也只能由双方独自吞咽

长夜体内的丝即将被抽尽
睡在一片浮沙之上，他们的气息愈来愈轻
以死寂来谈论欢娱
如同两个活着的无聊人

直到晨光蛛网般织进她身体的纹理，她腾地坐起
"我可以有阴暗的思想，但必须有光明的生活"
话音未落，谁将看不见的硬币塞进她嘴里
等着她如一架自动贩货机般
吐出答案

2014年10月—11月

被月光灼伤的女人——赠XXB和离散情人

你永远记得1988年的晚霞

它后来消失在墙里——

一排排年轻的墙

倒下去的琴键奏出单调

爱人和晚霞同一天失踪

天上的云也整齐划一

太阳是纵火者的乐园

你用经血染洗国旗

绝对的爱等同于绝对的真理

你便成为你的爱人

有一天你意识到你将不会幸福

因为你知道的所有幸福都属于雄性

阿波罗死后

你每天继续被月光灼伤

2014年8月29日—31日

用蜗牛周游世界的速度爱你

拨动时针般拨一回脑筋

我躺在林地，数历次的生命

苔藓是赶路的多脚虫

白肚皮擒到它绿色的小鞋子

每一夜的星空翻得太快

我的爱还未来得及展开

一只大吻将我覆盖

舍不得一次就把世界爱完

如同婴儿，嘴巴里的味道还没长全

比很久要更久

我用蜗牛周游世界的速度爱你

在两次人生之间

2014年8月5日

雪下进来了

老人没有点菜，他点了一场雪

五十年前相亲的傍晚，他和她对着菜单
你一道菜我一道菜，轮流出牌
雪下进了盐罐，火锅，玫瑰旁的刀戟
他们坚信自己是世界上最年轻的人

快爱与慢爱，就像左翼与右派
他每周五去布尔什维克俱乐部
她一再严申婚后柏拉图
新世纪和雪一道掺进鹅绒被，坚固大厦，
以及——心的缝隙
他们都把硬币翻过来了

还剩点时间，只够迷恋一些弱小的事物
弱小，却长着六只恒定的犄角
他一个人坐在静止的小餐馆
雪下进了火柴盒，抽屉，冰冷的尸柜

他们曾挥发在某个夏天的年轻，洁白地还回来了

2014年7日

灵魂体操

1

总是这样，最贞洁的人写最放浪的诗，最清净的文字里有
  最骚动的灵魂。

2

莎士比亚的时代，诗人致力于制造快乐；而如今，诗人主
  要制造痛苦。

3

古典诗学中，政治与诗歌可以互为衣裳；到了现代，他们
  才开始相互仇恨。我想我可以穿上衣服爱，也可以脱了
  衣服恨。

4

据说，一个唐人可以仅仅通过屈原，建立对楚国的历史认
知。如今社会对诗人的依赖已降至最低，诗人于是进入
另一种无限自由。

5

一座隐秘古堡里，正上演禁欲的魔鬼和好色天使的假面舞
会。诗是递给守门人的暗语。

6

美，是一种类似堕落的过程。

7

如果不是失眠，我不会有空写诗。闭上眼睛，我就不待在
这个时代了。

8

辉煌雄辩的年代，诗人不仅口吐警句，还负责缔造出一个族
群与众不同的灵魂质地，建构一个民族的品性，同时干预
最强者的行动。这个时代最好的存在，完全可以成为下一
个时代最反对的事物。我很早就在贫瘠的广场上暗暗发誓：
要写作！长大以后努力做一个对祖国和人民没有用的人。

9

二十岁写诗是真心风流，三十岁还在写，是风流后的真心。

10

我妈问我将来会不会成大师。

11

我有点任性，灵感比我还任性。比如今天，我已在桌前静
坐示威四小时，逼灵感现身。

12

现代人思维跟打拳一样，全靠套路。诗来找我，成心跟思
维作对，跟逻辑作对，跟任何一颗常速运转的脑壳作
对，直到写得我脑筋嗞嗞儿的疼。

13

要创造一种非现代非古典非三维非逻辑的语言，诗可以与
哲学、数学、天体物理的至高点相通，这是我心目中现
代诗的样子。

14

诗歌与表演：诗人的生命存在，先天具有表演性。世间情
感在坠入尘埃之前，都先在诗歌里坠过一遍。

15

风格转变：醒来一照镜子变成了另外一个人。阿，间谍！

快，我们得扮一下间谍，不要让他们发现，生活的尖叫！

16

诗与宇宙大爆炸：一首诗歌创生之际，体积为零，"诗核"有如上帝之火般灼热，是那尚未到达的一颗星，等待瞬间的点亮，在诗人手中膨胀温度下降，粒子碰撞吸引湮灭逃离，诗歌胀满无限空间，或成为百万亿首诗。诗人写下的部分，相当于哈勃望远镜看到的一小部分光滑宇宙。更多的诗，逃逸到太生的混沌中去。

17

诗人写小说：过程像无比乐意地受刑，或板着脸变相着送礼。往往是绕，没办法，他们的智商不容许他们写太浅白的东西。

18

远比翻一页书或投一次胎更快，整个人类社会都已生长到了该受上帝诅咒的年龄。而诗歌向来负责克服自己的时代。危险——是现代诗最重要的品质。

19

有一种书摆在那里就是一个物种。

20

我想往心里投一块金子，问一问"自己最内部的音色"。

21

我爱的，是只为使命工作的义工。我爱的，早已不仅仅是
一个你，还连同由你生出的另一个世界中的八个、八十
个你。

22

最伟大的文学全不是文学，而是道。

2014年7月31日—七夕

午夜狐狸

一只锦衣夜行的狐狸，脚下大地黑漆

城市枝丫将手臂伸向天空的深坑
驼背的兔子套上银色西装
长颈鹿在香奈尔5号的瀑布里冲凉
每一条窄窄的下水道都连接着纪念碑

大神们如今都不坐班
午夜脚手架怯生生下凡一只狐狸

祖祖辈辈靠勾引书生拯救人类
书生，是狐狸回乡的梯
狐狸凝视水晶球的眼神
好像诗人想念属于他的小行星

只见那读书人坐在一团迷惑里
一圈疯蛾子正围着他的脑沟采蜜
伺机潜入屋，狐狸正欲变身美女

读书人转过头来——

读书人自己就是美女

男人在这世上找不见了

小狐狸从此留在了地上

悲伤让它无法直立前行

2014年6月26日理发店

眼

不睡

是

一只贝壳扣在她眼下

颗颗夜晚明珠般不肯黯淡

猫头鹰瞳中她脚趾甲盖是月光石

喙般的鞋跟一盏盏踩灭灯笼

城中满地太阳，一万双黑眼睛高悬

拉开幻想之眼的拉链

放出一个夜晚，动物园正走失一头美洲豹

收留一个夜晚，如孵出一枚蛋

拉上幻想之眼的拉链

裤子一路提过头顶

更老的与更年轻的自己陆次往返于这具身体

憔悴的眼，待浸入海水回炉

瞳中之人，没人能替你合眼

2014年5月4日

仰光情人

你的头脑负责体验一切噩梦
你的身体负责美梦

打开你的冰柜，打开你白色胸衣
打开两片干净的肺页
如推开一扇百叶窗
把鼓点敲进你腔肠
把信冻进冰箱

我只有十一个情人
我只有诗一个情人

软甜奶酪中泡澡的达琳
为了你，我入党都可以

当我们相爱的时候
不违法的事儿我们不干

当你要吐出 chit pa de

小鸟啄走了字母

你写我，我写你

2014年4月24日

眼皮上的世界

光是秩序的旅行

形是光的即兴

波斯毯背面拉开抽屉

关上眼睛我数星星

向日葵心钟表嘀嗒

嘀嗒是消逝的抵达

表盘上的长腿姑娘请歇歇脚

星空倒扣，飞镖般的星辰砸向锅底

恰如你深入世界的身体

2014年1月11日

| 2013 第三辑 | 塑料做的大海

戏 中

她雪白的身体铺上床板，像等待屠宰
丈夫这时扮演起屠夫的角色
幕布堕下，你的歌声白鹭惊起
导入放映机拖满尘土的光束
仿若一朵云洁白的头皮

舞台是茶杯垫，托住一腔沸水
她拾掇起自己，踩进你编排的步
旋转，呼啸着旋转，直至晕眩为
一把激飞雪水的钢伞。在人生的高速路上
借你的伞，你还没还。怎不躲雨？
你绝不会为浅薄的爱情去死
你只会为比爱情更浅薄的事去死

活着，只不过是把手探进青蟹壳
黏腻可怖，但不至于

你从观众席最高处碎步走下

穿过喑哑的人群，像穿过一部无声电影

世界和世界闭着嘴交换纸牌

水母般的舞台时而撤回，时而

漫进夜行人靴子里

她的泪还没堕下，你就更早地来到她身上

成为她戏中死去的部分：情敌在镜中谋杀自己

白屏背后，一对头发吊住命运的皮影美人

当年到底有几个女主角？

又一届新人摇响了圣餐铃

杯中浸泡昔日葬礼上花朵的后裔

剧团门口谁偷偷贴出海报："请告知凤子小姐

亲爱的，如果你读到这则消息，请速与我联系。"

你话剧里的台词放大成她黑色的默喊——

如果回到这个世界，请速与我联系!

新年的时候，真想和你再演一场对手戏啊

你的衣服套在她身上

你的歌声和她的手势一样

剧院的灯光簌簌地，雪一般落下

她左眼看见了右眼

雪化进了雪天

2013年12月19日

虹——致谢烨

天幕垂吊万千绳索

这一笔笔逆生的树

先知头颅是剌口的果实

能嚼得出渣滓

蓦然在夜心里跋涉，她赤脚

测探黑洞的深喉

温度表绿荧荧不觉冷热

空气是碎掉的白刃

骨头在身体里瑟瑟摩擦

那是他们曾挤在一处的大腿

光还在吞吃一切祭品

从斧底觑——

一座弯上了天的虹

2013年12月14日

不完全拷贝

一

博士在菩萨洞中喝闲茶打麻将，百无禁忌给狱友们看手
相。诸身困在此生此世。看到自己的手相，博士立刻跪
倒在地。

二

博士采访城中一只乌鸦，问一问在乌鸦般的黑夜飞行，是
不是跟大白天做白日梦一个道理？

三

有时候博士来回踱步，不为思考，只为让高速路上的大脑
停止运动。

四

有时候我坐下来一动不动，只为拔掉思想的脚踏电源，把
博士赶下十一路公车。

五

博士决定钻研"思无邪"病菌，一种红色的极微恶尘，经
思想传播，引发大大小小的发作。邪念一动，立时暴毙。

六

为了立刻看到美国，修道者开天眼，科技开发视频。博士
的方法是试验真理的隔空搬运。真理太多，大真理吃掉
小真理，真理的世界也有新陈代谢，我劝博士不要白费
力气。

七

试验失败，博士开始失眠。夜半梦中起身，和书桌前推开

书稿般不费力气。

八

村头孩子迎道"姑奶奶，你下学回来啦?"我博士读到牙都断掉。

九

一个炊饼形的中年女人，领着一个黄旗袍的春卷形女童往门口走。博士立刻拐向最近的反光面，在汽车玻璃上运算她与炊饼、春卷间的时间形状守恒定理。

十

人为什么要通过劳动来证明自己？博士决定待在家里，用不劳动来证明自己。博士二十四岁便过上退休人员生活。

十一

二十五岁夏天，平谷的大桃儿水汪汪候在那儿了，博士不敢吃，担心里头住着两条赤身裸体的虫子夫妻。

十二

二十六岁春天，博士放心大胆边看电视，边吃有机大枣，
不料一口咬下去，吃出个三口之家。

十三

成年女性追求家庭，本质是为了平衡年龄增长带来的自卑
感。如果青春可以像英语一样，只要练习就可能维持提
高，那么博士心想，永恒的女郎不需要婚姻。

十四

知识是环抱上帝的一圈镜子。博士在一面镜子里照出了天
文地理，一面镜子里照出了窈窕淑女，在另一面镜子里
照出上帝得了脚气，亿万真菌在皮屑上建造起一个城
邦。她拿达克宁一抹，无疑用化学武器屠城。

十五

我问博士喜欢什么？她说喜欢寿命长的东西，比如喜欢石
  头不喜欢人类，喜欢乌龟不喜欢龟毛，喜欢死人胜过活
  人。

十六

昨日的我在去世。每一个昨日之我都是今日之我的祖先。
  我成为昨日相似相续的子嗣，部分的复制，不完全拷
  贝。

2013年11月—12月

塑料做的大海

最后一次呼吸闭眼停止换气。我练习消失。

是蓝色，蓝得太假，像一圈浅蓝色的塑料板

塑料做的大海，塑料做的誓言

我终于赤足走在我意念构建的世界

这里天荒地老每日发生，相爱是生存法则

海豚是飞的，外面的人类还在爬行

椰子树撅起的肥臀露着妊娠纹

我一不小心爱上坠落沙地的

笨重的花，过马路发呆的小蜥蜴，天花板中央的壁虎探子

和露天马桶上的红蚂蚁

热带总是这样感情凶猛，天公打雷如打嗝儿

我意识到需要创造一个爱我的男人，在盛满海水的浴缸旁

怯生生递上白毛巾，证明我的此刻

又是一个不小心，我把他造得太老了，风都刮不动

会落泪的，温柔的老年斑

我说扮上吧，海水中央有一座大戏台——你过去

换上沙丁鱼的皮肤和关公蟹的凶器

这样你就能刺破我制造的幻象，回到真实

我会收回这一切，把日夜折叠，把大海灌进高脚杯

杯子里全是蓝色。一世界的蓝色。真得太假

塑料做的大海，塑料做的誓言

蓝色，蓝色。

2013年11月11日

历史的棋局

一、史实与想象

那时，星空是一张撒开的渔网。

造物主在疏朗的天野，不时增添星辰，结绳记事。

多数事物还没出胚。人类连接自然的脐带还没剪断。

整个人类的儿童期，梦想与现实之间还没拉开差距，就像彼时的天地，一个白泥一个黑泥，绞叠在一起，须等刑天的大斧劈开。

无怪乎上古时期，史实与想象总搅在一起。

先人无意编造传奇，当初的男女就真切生活在虚实相拌的传说里。

二、现代唐传奇

山峰之巅，两个唐人。

头戴巾冠，身着青衫，可入黄梅戏的模样。

古国简约地活在一首诗里，唐人不信它法的永生。

活着，就是一次次死去。唐朝人，从青峰纵身跃下，风吹跑了头上的巾冠，冲走了身上的水洒青衫……

双脚着地时，半身裸着，鬓发披散，并无羞惭。男唐人解下一块腰上的残布，给女唐人胡乱一裹，他们就和现代人一般无二行走在柏油道路上。

三、广场上的鱼鸟

是老金上台的那一天，广场上横平竖直地画满了人头。

Y作为大学生代表站在方阵中，听那些生了老茧的报告和蠢话，鼓那些机械有力的掌。有一刻，他被自己无比厌烦的情绪控制了，就拿浑身唯一可以活动的眼珠子来寻找自由。他从前排的人头看到更前排的人头，看到广场上无力的旗帜，看到旗帜上空未被统领的天空。瞧，他看到什么了，一尾鱼！天空上有一尾鱼！它迅捷游窜，带动了四周的气团和空气的密度，所过之处，天空变得透明，像被抹布擦过的窗玻璃。

鱼鸟身量巨大，Y见它恣意地在空中翻筋斗，与鲸鱼在大海中并无二样。Y这时张大嘴巴几乎要喊出来了，他扯动身旁人的衣服，朝上方拼命努嘴，别人却淡漠的样子，似乎什么都没看见。Y就不懂了，他们怎么睁着眼睛看不见天。那一尾鱼鸟直竖起背上的鳍，箭一般朝着广场中心栽下来，像要直闯地狱。要出事了！一声巨响，Y的心揪成一团，正要拨开人群，忽见广场大池从最深的底部泛出一纵喷泉，高出百丈，卯足预备，鱼鸟再次跃起直冲天际，上天入地恣意来回，仿佛他们矗立的广场，只不过是天地间一握拳的空地儿……

四、未来剧本

健身房里，学员们正跟着教练跳一种诡谲的舞蹈。舞步将他们随机送往不同的时空，有些不走运的，被弄上了战场，直接当了炮灰。我被送去的时空，似在远古。怪事，我居然在那儿见着了海子。不好意思，这位我喜欢的诗人，在那儿还是只浑身长毛的猴子。当然，是只特别聪明的猴子，诗人猴子。

我跟着他走遍黑山白水，昼夜兼程赶往回去2012的通道。途中他拿出诗集，一看封底，全是赞语。我留心多瞄了一眼，竟见"明玉"，这个古装剧里的格格，心里大为惊诧鄙夷——大诗人原也追二流明星。细瞧下去，大惊失色，这明玉可不是什么演员，而是货真价实的清朝格格，那些赞誉全来自各朝各代，有魏晋文人，晚唐诗人，元末大将，清宫佳丽……文本竟是在时空长河里自由往来。不等我缓神，海子已摊开一幅地图——那不是我曾眼见过的任何一种地图！是幅全息图，内有阴阳两界全部时刻的完整图景。画面精深纷杂，相互交叠却不相覆盖，依循某种我们未能识别的规律有序地共存。我浑然呆痴。猴子同仁这时说了句叫人终身难忘的话——

"你我今日的生活，是2066年上演的一出舞台剧。所以，兄弟，将剧本写得漂亮点吧！"

五、没完没了的棋局

这局棋，变得越来越困难，且没完没了。

法则如下：

一旦涉过楚河汉界，连吃对方两子，双方就互换棋盘。吃别人棋子的，被置换到劣势的一边；快输掉的一方反获生机。

胁逼对手反过来制衡自己。

你不断进攻，不断被置换，你感觉被耍，你开始绝望。你要如何去赢？

然而——你不能停步，你不能后退。

2013年10日

大海的……

大海的材料是一万片蓝色的镜子和一万双蓝色的眼睛

大海的味道是一千条咸鱼晾在有风的过道

大海的声响是一百头大海豚睡觉发出的呼噜响

大海的脾气是一只小海鸟一天的运气

我们的白轮船早起锯开海面

一路吐出两排翻白沫儿的漱口水

2013年9日

夜的政治——纪念西非性罢工一周年

光把一团冻雪投进身体匣子。里面是夜——

千家万户的灯盏这时消失，只剩子宫里的那一盏

亮着。沉默在集结，战斗的身体。

今夜所有邻人家中，姐妹罢工都在进行

对丈夫对情人对男友对客人

油彩顶在头上——

我爱顶嘴的非洲小妞，

这一刻不要与男人为敌，否则国家经济就要崩溃

不要没休止的殖民过去，只怪那鲸鱼须没锁紧你

权力，像一枚小图章，把每一个角落

无微不至地糟蹋——

身份证上是一个陌生人，枕边是另一个

你的道路不在你身上，我选举的不是我自己

真相的天空我们够不着，只拥有这个沉甸甸的夜

光，停落在一些凸起的塔尖。世界——

只剩下各种各样的沉默

2013年9月22日

面　盾

云团被分割的傍晚。她在消失的语言中

寻找蒙面人的脚印，仿佛跟踪

地球苹果上，削掉的一片时间。

你的面目未曾显现。盾甲，一种逃离

古兰少女躲在树叶背后的

眼睛，有生之年裁剪出你一天中的动人之景

透过昆虫的翅，她看见盾脸上繁缛的花茎

像一片湖水，倒影出心头的缠蛇

那比日日夜夜更为漫长的鞭

雷电把你的柔情送进她耳骨深处

在那里，死后，骨头和骨头亲热

如同在无星的海面宅邸

尖刀般的浪涛上她与暗夜互赠诗篇

脚印叠着脚印在人间施善行骗

面盾？——可以同时藏匿一个最好的人和一个最恶的人

难道要她跪下，清洗被你走过的有毒土地？

谜面戏台般升起，答对的或猜错的，永不落幕

她想切开的云团，原是一块生铁

饥饿一般的咸

你的面目成为一切奥义

最后一天，她会站进骨灰匣子

向生命中不可解释的事物——

尊严地回礼

2013年8月11日夜—8月13日

书架公寓

冰蓝的海水从书架间退去

大匙搅拌日夜的光子

缺口的七色贝壳，水蟹的断肢残骸

和风在沙子上做过的一切功课

巨大的书架跋立在退潮的海滩上

脆弱而毁减——

一幅关于损失的画面

当人们在时间里迷路，我们就居住在这书架的某一层

那光景，日月曲折，白昼总也翻不到尽头

你耳廓里饥饿地灌进蜜饯

我骨中音乐是卷曲的落叶

海巫的汗滴晕成一场蓝雾

书架公寓——我们最后的栖身之所

这世界的唯一残存，腐蚀日夜加剧

你我却不惊慌，像上班一样目送又一章的消亡

仍相信纸笔有扭转世界的力量

书写时代的唯一子嗣，你的笔体如今只有我识

在你面前我可以无所不能——

我能闻出谁刚打阳光下走过

我能从背后喊住那匿名的神

我愿做你僧袍上溅洒的一颗墨水——

随将倾的大厦在机械风暴中坠机

键盘的电闪无法撕毁我们之间贞洁的契约

有人在笑话，我们的表达太过浪漫

可别忘记，我乃表演系出身

装萌、装深沉、装诗，我都比他们在行

大不了在一个无体温的年代

做一对有体温的机器人

我还是要住回这一幅损失的画面

听我的落叶，你的蜜饯

就在被切分的瞬间，瞥见书架后一闪而过的美人鱼

她的容颜在四分之一秒内消逝

剩下一截鱼鳍隐隐落在空气里，发光

2013年2月—7月

天国里不穿制服

走过一场尘世，你的发被洗成秋天的颜色

当你奔跑，发丝就与垂直的日光相连

你与光明成为一双共用一头金发的孪生子

可别忘记，你曾是男子，在隧道里写诗

盲于你身上所有女子的美丽

隧道的长度等于你的诗行

如今你只带了长发和如缶的嗓音，就敢行走天国

不必再费心地区分左右

除了羞愧，你其实什么也没有遗落

我喜欢看着一群你骚动长发，结伴走进水里

在晨雾中游泳，皮肤滑如醉酒的鲨鱼

妙处为词牌、水袖和万物的童年所汲取

当沐日的时辰醒来

你们就集体隐身进凡尘女子的梦呓

2013年7月27日

于自贡开往成都的长途巴士上

失眠的桥

晨光涨潮溢进露台

人声爬过防盗窗

你崩裂僵直的四肢抓牢铁床——

一架失眠的桥

用无情承受万千湿暖脚步过往

细小屈辱，活着和醒着的痛痒

此刻，窗外的整座城市从你身上驶过

在液化失重以前

2013年7月22日凌晨三点半

泳池里的双簧体

不忍猝目——

最好的时代与最坏的时代一道

在文明的体液中游泳

过去与未来相互浸污

思想只是脑海这座更小的泳池中的游泳者

她可以身着僧袍、军装、囚服，或者任何不合时宜

起床号一响，有人为全人类的设计大纲奋笔疾书

他的室友此刻用同志的鲜血粉刷墙壁

顺便油漆初夏新生的嫩叶

伟大的设计师起身离开书桌

眼见一个崭新世界——连锅也给漆红了！

可惜隔壁的主妇昨夜被捕

烟圈儿是她的恐怖身份证

湿婆前一夜之间跪满郎情妾意的骷髅情侣

抱怨怎不多添一条：无牺牲者无权繁衍

超载的头颅亟须出水换口气

留给民主马达制造的万千气泡去解决问题

当优生学的尸体被丢进顶楼的水箱

后代们就寄居在污染的水中太平度日

阳光下每一只毛孔里爬出的私欲

是极权的另一种表达方式

若有违抗

剥夺生育权力终身

2013年6月21日

写小说的人——致L

他将自己泡进悲伤入药

饮酒的贵妇们拿玻璃弄疼玻璃，一面讪笑：

这个人，用长发和女人比美

肌肉强健活生生一个大卫

冬天睡觉只盖一片嘴唇

你还不知道，

他胯部储满蝴蝶翅上斑斓的眼睛

一声蝉打开夏天，他铺开一张信

摊平的脑页上钉满了梦中的指路牌——

在拥有与逝去间镶有颗黑色珍珠

发自深海的呼啸只有苍穹可以吞咽

回来时，山也小了水也小了

那就盖一间草堂

娶一群姿色摇曳的词

或者，

饲养一碗水

他将自己潜进悲伤入药

完成一场漫长的祭祀

向生命中的残忍致敬

把笔——

锯向发红的树心

2013年4月—5月

深渊边的新娘

她是黑夜的新娘

身穿黑色的婚纱

在魏玛的那一年是最后一年

声音之上，还有一个永不申辩的国度

死者累积夜之伟岸

深渊边徘徊的新娘

柏林墙上的舞步危险才美丽

直至戒指失足　与民主联姻

为这罪行累累之身——

她学会了一切复仇的语言

2013年5日

奉道女

树林向我射来秘语

毛孔尖叫　腌入白霜

你甜蜜的性格自此统统摧毁

热切浸透糖浆般涌来的灾难

成为新酿的神话，或遗落在天鹅体内的古董

受伤的词语　须你用肉身填平

风把画中女子扫成黑白二色

实现，实现——

那是你与伟大最相似的弱点

你脱下性别

打开门，走进一个错误的时代

2013年4月11日

被盗走的妈妈——献给H.E的三八节礼物

象群般的男人们啊

在海边、丘陵、烛光餐厅和万人喧嚣的广场

挨个儿抽搐发作，后肢跪地——

对求婚者的拒绝，是你人生收藏的勋章

那是往昔！金钻戒作象鼻环的峥嵘往昔！

不料，真正的对手被直送进你的腹腔

你肉身筑巢，在自我内部拉起了铁丝网

对那个曾牵着象鼻环的少女——

（她因懂得自私的艺术而有灵魂，

知道怠慢的技巧而风情万种）

你施行一场白色纳粹隔离

我蜷抱着联想起——

唐传奇中分身为妾慰藉远方良人的贤妻

时间是一截乳白色液体，你的瀑布剪断

（谁听见大象们在跺脚）

在我愉快的吞咽声中你忘却了自己的尊贵

你甘心成为器皿！

我不需要任何财产、条约或武器，只要存在

就可以活活把你逼进灶房、杂役和倒满洁厕灵的洗衣机

四岁那年我们蹭着脸蛋挤进牡丹牌圆镜

我懊恼为什么妈妈那么白而我那么黑

不用急，我有耐心将白嫩的你从镜子里

一片片剥下来贴到自己脸上……

像每一个被迷惑的房客恋着租来的青春时光

你义无反顾地——

鼓励我分分钟对你实施最严酷的盗窃

我每天从你身上多盗取一点，

你就更爱我一些

我披满你的细胞，但并不证明

我可以代表你再活一世

当才华、抱负、远大前程这些事儿终于与你没关了

你得到一个名字——

叫女人

2013年3月3日—3月8日

生　日

蛋糕边，你在掉漆

不问镜子也知道，你是颗日渐走形的电灯泡

到底还有多少光热？

待将这一桶黑色年龄灌进去测量

水位不是一岁岁退潮，

你不是一年年变老，是一回伤心一回伤心

这一秒的你已比上一秒更无能为力

压根不需要什么烈酒消耗

你每天都在饮自己的余生

2013年3月2日凌晨3点

回声女郎

她迷宫般的耳朵是用来爱的
倔强的小口是用来决斗的
不会眨的眼睛是用来预言的——

妖和男人在渊中凫水
此刻，她眼中集合了所有未来的倒影：
是猎人，他是妖的第一个男人
"你有名字吗?"他问，声若海底沉金
——你有名字吗? ——
妖答，众兽止步倾听
她一开口，沸锅里搅起一片儿溏心舌头
门牙中央裂开一道极为妖媚的齿弦，
一笑，就有小鱼扭腰而入
"无所谓——"
推开她，白色的气根在她周身娉婷
——无所谓——
抱着她，猎人如抱着一团炖烂的云

他们吃惊地玩尽世间游戏毫不疲倦

妖盯住他一身的缺点着迷不已

那猎人在她身上得以无限伸延——

双腿化作两簇水流拂过顽石

脸面贴着青山升起

从此她寸步不离

猎人跨出水域，她跟着搬动礁石

猎人迎着太阳，她在他荫下纳凉

她时刻溜着猎人的影子

"别跟着我。"他烦道

——别跟着我！——

她抢到他身前

他开始想象另一种过去

"你倒说话。"

——你倒说话！——

妖迫切回应

他无奈摇头，丢来羊脸鹿嘴"吃肉"

——痴肉——她摊开自己可爱的胳膊大腿

猎人顺势将她揪住，"给你做个记号！"

——给你做个记号……——

他在她软玉的耳垂造下属于他的伤口

拿秋草捻线穿过，悬坠两扇鲜红鱼鳃

"美死了"他骄傲地拨弄耳环

——霉死了——她厉声抓挠

轮到妖了，她偿他以一场外科手术

妖竖起众多钢化的气根

剥鸡蛋般剥开他的麻木

现出幼滑可口的瓤——

她努力矫正他失去的感官

让他千百倍的快乐千百倍的伤心

猎人再醒来时，已是个天生敏感的诗人

他尝出水有七十二种味道光有八万种表情

他还每天念出动人的诗句让她重复

哦，她的回声让他心碎——

他多么渴求她先开口，先说爱他！

他再也无法射杀一只会喘气的活物

猎人渐渐耽于幻想出的忧伤

像一种可以耗尽体力的陈疾

他们沉默对决，眼泪常不请自来——

一首最恶俗的歌曲亦可激起他疼痛的柔情

任何辞令、气味或不甚粗糙的物品

都像盗墓者般迅速掘出他胸间郁郁的块垒

爱的肿瘤叫他呼吸都成了受罪

"冤家……"

——冤家——

他哀伤狂躁地想，原本已经忘却了

可该死的音乐却再次发现了他的忧郁

妖和她的男人就在泪中凫水

她迷宫般的耳朵是用来爱的

倔强的小口是用来决斗的

不会眨的眼睛是用来预言的——

忽然，眸中出现了一杆猎枪

他掀翻水中倒影，瞄准那条妩媚的齿弦

"疼一下就好"，他哄她

就图这最后一霎温柔，她不躲不闪

妖不后悔创造出一个真正的狩猎者

——疼一下就好——

妖还轻轻安慰。她一笑，他就开枪

……

有一种"啸"辉煌圣洁，山林耸动

听懂的鸟兽都说，他在道——"我爱你"

仅仅是希望喊出一声时

空旷天地能有回音

2013年2月15日—17日

克莱因瓶①·钓人

你把男神伺候寂寞了
花不完的时间里，他发明出新招儿：
钓人！

真理是绝佳诱饵——
拴上隐形的鱼线，从天而降
（知道你远不是对手，就先将你狂乱繁殖）

神一心万用，众竿齐发
悬吊大大小小的道理
（琳琅满目如逛猪肉市场）
你就开始满世界奔跑
上天入地观察实验得出结论
科学家般殷勤恳切
（寻求答案是消耗的旅程）
你很快行将就木
被钓进天堂

女神好赌

拍下话来，欲与男神一决雌雄

"我用腹语教他们不上你的当！"

（你是骰子，他们的伟大调情离不开一个第三者）

听着——

不用先赶到自己的对立面

世界再乱，你原地不动。

她盘腿而坐

派出许多名叫"女人"的温柔饵料

娉婷穿过雨丝般垂落的钓线

专心采摘"现在"

对其余视而不见

不同的视力创作出全然不同的世界

世界再乱，你原地不动。

（她授予你禅定的奇迹）

小心上钩——

会有一条连续的大道

走着走着就从善走到恶

所过之处雪糕一样融化；

会有一件衣服

让你一层层脱下自我

从外在直接摸进肺腑

这是个多么刺激的真理：

你从一种理解出发

走到尖声大叫的高潮

继而走到自己的

反面！

听我说——

与你自己交织，就是同世界最大的亲密。

（你就是世界的一张相片儿）

画面寂静：

你从自己身上站起，如梦初醒

在沙地里苦苦搜索一条不可缝合的裂隙

（那正是男神投放鱼线的锁眼）

你瞬间失去方位——

神乃至善，为何有恶？

你没有想过，也许

恶是乐趣

（而你的乐趣还在别人身上）

名叫女人

她被分割成许多等份，嵌进你的肉体

你从镜中一群群站起

将众多影子开膛破肚，她被纷纷解救

你们流血亲吻

开始跪着拼凑彼此

就在即将成功的时刻——

男神与女神忽然丧失了兴趣

拍拍沙土起身离去

2013年农历正月初一

---

① 克莱因瓶（Klein bottle）是一个数学概念，指一种无定向性的平面，和莫比乌斯带非常相像。其结构是一个瓶子底部有一个洞，现在延长瓶子的颈部，并且扭曲地进入瓶子内部，然后和底部的洞相连接。和平时用来喝水的杯子不一样，这个物体没有"边"，它的表面不会终结；它也不类似于气球，一只苍蝇可以从瓶子的内部直接飞到外部而不用穿过表面。

| 2012 第四辑 | 大才华与小容器

十八个白天

白天过后，白天仍不肯退位

像失眠者摸不到进入夜晚的门

一个星球的停车场，蓄足燃料

让每一刻饱和　时间会隐退

自由成为自由的最大束缚。敌人

正把热烈握手行贿给相机

有谁计算过漏掉了一次夜?

一只坐等天明的

失眠夜莺　必须高唱

连轴的白夜将我们从睡觉的瘾中解放

无知觉的劳役拯救我们有关不幸的苦苦推敲

真相是：真相与你没关

你看见，有个人午夜出门，头上戴了两顶帽子

你不由地猜，他去向的是夜，还是白天

        2012年11月13日凌晨4点

梦扳机

噩梦是梦世界里的恶棍，它爱捉弄，还很黏人

它把我塞进一块石头，借一段哨鸣运至火星

并用临时死亡解释我对妻子的无动于衷

原来害怕是杯深褐色的固体酒，我的神经末梢上

还有截白天没交上的开题报告。世界以乱码的形式存在

火星满地是打碎的钢琴键，反叛优美

随时充当射杀的扳机。我年轻的情人这时朝我走来

她受雇于水中折射的时间　　因而

在感情里显得职业

我曾被地心引力拖垮的皮囊被她装机重启

用根网线，连上赤红沙地里的琴键

顿时，星球表面沸腾，弹奏出气泡、水、山脉、物质和时间

我被最大可能地分享，里里外外亢奋交响

这才算是值得醒着的人生！

被复制的渴望与被单里的空气一样完满

我想同时生活在两处

情人坐在一朵岩石上等我，

（也许不是岩石，是核爆的蘑菇云）

她盘弄一座眼熟的身体，把那身躯像件衬衣般，里子翻到

外面

（我瞥见那瞳仁里的黑洞翻过来就不见了）

她静默地等待，钻石的眼泪，铰开梦的塑封

我良心发现，领她来到床头

现在，教会这睡梦中人遗忘，

我来设一个局，欺骗未来的自己

早上妻子叫我起床，我纹丝不动

她眼睛空旷着

在那空旷的后方，

是1980年失踪的一支考古队

不对，她瞳仁里的黑色哪里去了?! 她在哪里?

是她在梦! 是她在梦!

2012年11月13日晚10点

虚拟的一天

她在尘埃中歇下身来

庞然如盖

一片天真的白瓷器

抽身离去时

留下一块干净的空地

世界就此多出一个年轻的弹孔

当晚精气发作

无黑无白一昼夜

迷人如永不睡眠的女人

每一个类似爱的瞬间

每一句类似爱的话语

都成为阻止她投向光明生活的诅咒

不要轻言爱意

爱会生出幻想

幻想将变成凶器

有一时间

她被夜晚木桶中细菌发酵的声音吵醒

肉体顷刻如褪去的蚕蛹，为灵魂剥离

灵魂午夜爆发

灵魂正午抓瞎

灵魂午后发麻

在她背后

仍有爱人正细数她脊梁上的小黑痣

将它们清点

归入深情的档案

仿若找寻早已认识的记号

并须牢记——

生生世世凭借这些记号将她再次认出

她紫色的灵核却不知觉　此等浪漫

当她得知精神科医生被患者　灵魂绑架

抓去疯子扭曲的时空

被迫代受酷刑；

当她得知在诗歌没有尊严的时代

诗人纷纷改做间谍

潜藏于时代的脏腑

在一亿次偶然死亡之后，蓦地看见

她曾陨落的年轻的眼、唇

和两朵爱吃糖的耳朵

偷偷在泥土里分解出张开手足爬行的黑字

一只只住在剧本雪白的小屋

词句喧嚣尘上

它们在工作，无止境地用肉身工作

再没有更光荣的事业

每个人都有一枚专属自己的内在钟表

突袭的痛经叫她知道

微小的神明在她体内

掘金矿

她找到岁月姐妹居住的洞巢

向身后的长生石　念一个先前的梦

声音有比长夜百倍的宁寂

2012年9月7日

大才华与小容器

草坪野人，逃课，日光浴

你的胡茬比青草更扎人

你的气息比打洞的小鼹鼠更不安分

在威尔士涌动的大草甸上，旁边

还有我们保守的邻居——

一头壮牛盯住了发呆

走开走开，自己去啃大地的汗毛，看什么看！

它犟在那儿。一动也不愿动，斗胆

招来方圆十里的同伴，牛奶和巧克力

一道灌进风肚子里。对牛弹琴！

大才华放进了小容器

草坪野人，在一只只斗篷大的吃惊的牛眼下

省略号

一个浑身长满问号的女人恰巧路过

惊得——像根弹簧

蹿直了所有被年华打败的腰脊

2012年4月7日

等着下雪的人

在天空　寻找失格的闪电

还是——

为过去的美好　绊住半生

黑茫里等待的人

等待用白雪洗一场澡

洁净的躯体才能容纳洁净的灵魂

才能容纳不破身的诗

2011年11月28日

第五辑 | 万花筒之心

这不是一个天才的时代，而是一个大师的时代

——首届北京青年诗会之陈家坪访谈戴潍娜

陈家坪：在北京青年诗会的朗诵作品中，我读到你写的诗句："舍不得一次就把世界爱完，如同婴儿，嘴巴里的味道还没长全。"嘴巴里的味道还没长全，我不能不说，这是非常独特的感受，同时它还对应着一种对世界的爱。这种诗歌的感受力和表现力，明晰、丰富而直接。那么，你是怎么理解诗歌的感受力和表现力的呢？

戴潍娜：写这两句诗时，其实我在回溯婴儿时期的记忆。人很难逃避自己究竟是谁，这个"究竟"早就埋伏在了婴儿期，甚至是出生以前。我在小说《那个名叫S的灵魂》里曾经发出过一个疑问的声音——"你还记得出生时的感觉吗？"隐约中，有一些浮冰般的记忆，这个记忆甚至包含了蜷在羊水里的那个没有时空概念的恒久感受。

社会化，是一个感觉不断磨损的过程，我们的感觉像一座不断下沉的冰山，语言言说露在水面上的一角。真正庞大的知觉沉默在黑暗的水中，等待诗歌把它们爱出来。事实上，互联网改变了这个时代的认知模式，人们不再与事物直接发生接触，而是通

过信息，建立逻辑联系，随之丧失了对世界的"触觉"。而诗歌向来负责克服自己的时代，它直接对存在讲话，它反逻辑反语言反三维，它是"存在"的触角——在一个视觉霸权的年代恢复我们的听觉、嗅觉、触觉、知觉。对权力中心的反叛，不仅停留于政治的浅表，而应深入到认知领域。

诗友们说我是"反学院派的学院派"，我觉得颇为恰当。在读博之前，我读过三个不同的专业，直到博士期间才转回了作为真爱的文学。我的写作也因为长期的跨界游荡，幸运地摆脱了学院和文学史的规训。对于诗歌我一直是顺从的态度，只有诗来找我时我才会作为导体助它诞生，而绝不会为了写诗刻意坐到桌前"好了，我现在来下一个蛋"。这也导致了我的诗歌产量一直很低，青春诗会出丛书，我的《面盾》是最薄的一本，大家开玩笑说，这么不到一百页，简直是浪费了一个书号。低产，同时胃口广袤，诗可以与哲学、数学、天体物理的至高点相通，这是我心目中现代诗的样子。说起来，我最初的诗歌写作来自于物理。高中的时候上物理奥赛班，有个高高帅帅的男老师，第一节课就在黑板上写——"深度来自于对立面"。我后来才知道这句诗来自奥修。写完这句话，物理老师转过身来对大家说，你们要想了解物理学的精髓，要想看到真正的物理学的美，必须先读懂这句话。然后我就认真读了，读完以后迅速放弃了物理奥赛的理想，兴趣全转移到诗歌上去了。事物的种子埋藏在我们看不见的因果里，事实上，直到今天，物理和数学仍然是我非常重要的写作资源，可惜诗坛多是文科生的天下，相知者寥寥。我写过一首诗《克莱因瓶·钓人》，那就是一首数学和文学相知的诗，克莱因瓶就是指一种无定向性的平面，这个平面可以无限延展到哲学内部以及身体内部。跟踪数学、物理前沿，这和读佛经、和写诗，对于我是一码事。

陈家坪：你说自己最初的诗歌写作来自于物理，好像你还具有良好的知识考古学的素养，当然还反学院，追求智力上的密度，诸如此类，足以显示出一个未来的强人。那么，这种知识经验的高塔，即使可以从历史中获取生存的经验，需要一个多么大的生存经验的底座，也是需要足够的想象力的？

戴潍娜：在历史文本的研究中，选择历史文本的终点就是选择其历史角度，换句话说，在哪里结束，就是哪种历史。这在文学当中同样适用，在哪里结束，就是哪种文学。唯有此，才能在迷人的灵魂之外，重又获得一个严肃的灵魂。这灵魂不止是诗人一己的灵魂，还有他祖先灵魂的合集，以及同时代灵魂的分解。你提到"生存经验"，这些都是看不见的，然而确是最真实的存在。

小说家苦在要周全经营细节，诗人可以扔光了细节飚，这当中最重要的就是想象力。但这想象力不是狭义的，社会学有社会学的想象力，物理学也有物理学的想象力。所有伟大的物理发现都是基于最大胆的想象力。在想象力的奇点上，数学、物理、哲学、文学都是相通的。我们关于世界的学问，始于假设，终于想象，是由众多现实堆砌而成的虚无。然而唯一得到呈现的是中间实然的求证过程。虚和实，在这个历史叙事里有一个大反转。我知道这听起来有点虚无主义，其实没那么简单。

陈家坪：你的写作涉及诗歌、童话、小说，还有翻译，计十余万字，并且你还画画，这些不同的艺术形式，在你身上是怎么发展起来的？它们也许会对你形成一种决定，使你的生活和命运，变得清晰，有一定的识别度，是这样吗？

戴潍娜：一直以来，维多利亚时代博物学家的气质令我深深着迷，那完全是来自于另一个早已消逝的时代的风度，是濒临灭绝的古怪物种。我一个朋友在剑桥的导师，能脱口说出英国哪些足球俱乐部的座右铭是拉丁文写的，俄罗斯20世纪初的流行歌曲里哪些提到了伏特加，以及路遇的任何一种蔷薇科植物的学名。事实上学科的分类在20世纪初就引发过大面积的争议。对不同领域的广袤的胃口，仅仅是传统在我们身上的生长。

具体到各个不同的领域，脱不开一些神秘力量的推动，比如我的童话写作基本出于对梦的记录修葺；比如我对于历史和翻译的兴趣，起初是来自于对古典汉学家的神秘向往。早年间，我在柏德林图书馆发掘过一份慈禧年间的历史手稿，作者EB Blackhouse是一位周身遍布传奇谜团的汉学家，中文溜到让京城人自感羞愧。整部手稿记录了当年以慈禧为核心的上流社会的隐秘生活，据说让历史学家们读到脸红心跳。从龙夫人的年代到如今，一百多年过去了，这部手稿被百年封杀，一直不能出版。有传言说Blackhouse受雇于当时英国的国家安全机构，后又成为双重间谍，手稿中流露的信息危害到国家机密，还有观点认为手稿被禁是历史学界的权术阴谋所致，另有人干脆说Blackhouse就是一个博学漂亮优雅的骗子。发现这份手稿时，我正读硕士，有大把青春去做徒劳无功的事情，先是伙同在图书馆打工的同学试图偷出手稿，后来又疯狂翻阅历史典籍，试图考证手稿内容及其被封杀的真相，最后干脆坐下来翻译那些荒唐迷人的章节。我徒劳无功地爱着这桩事业，直至我硕士毕业，也一无所获。毕业后芜杂的生活很快让我把整件事情忘得精光，只剩下一大堆复印资料堆在床底。可整个过程中，对历史和翻译产生的兴趣，却像鸦片一样让我的体质发生了根本性的变化。你说得对，这里面的确存在一种"决定"。这不是一个天才的时代，而是一个大师的时代。写作本身是一个自我固化的过程，作者创造作品，作品同时也在塑造作者本人。我们最终会成为我们写下的部分。

陈家坪：你说这不是一个天才的时代，而是一个大师的时代，这个判断不管怎样都是鼓舞人心的，因为它出自于一个年轻人的口，是一种自信，和一种不可多得的志向。现在，就你的写作状态和阶段性变化而言，也许会存在着一个文学的图景。同时，从你这次主持北京青年诗会简短串场词，完全可以领会你作为一个诗人的活力和对同代人的判断力，我认为是一定得有见识的。

戴潍娜：我们生活在一个粗鄙的时代，这一点毋庸置疑。可是D·H·劳伦斯在《查泰莱夫人》的开篇第一句就写道"这个时代整个就是一个悲剧"。可见，根本没有最好的时代和最坏的时代，只有我们活着的时代。天才什么都不需要，大师却需要意志力。我曾经很绝对地认为，大时代出大作家，小时代出小作家，直到后来我改变了想法，开始相信对于年轻人而言，这就是一个最好的写作的时代——末法时代。年轻人一方面饿不死，另一方面其他事儿也干不了。

迄今为止，世世代代的作家们都在运用各自的秘技为世界磨镜，建立有关特定时代特定社会的各种隐喻；与此同时，时代风尚如同柏拉图洞穴中石壁上的幻影，负责提供镜中世界和隐喻的食材。依此推断，生在当代中国的作家是幸运的——此刻的中国提供了前所未有的怪象乱象、腥味儿辣味儿、各色调料颠鸾倒凤。然而，与启发并肩而至的是迷惑，更深的迷惑。五色调料终乃伤身伐命之物，抓不住时代的原生原味，作家的幸运会轻易被迷惑耗散殆尽。抵御迷惑，最高明的手法是制造迷惑，如同为了见到真实，必须借助扭曲的镜子。已经改变了社会游戏规则的时代，同时也在塑造和改变着镜中的寓言。Facebook创始人扎克伯格曾妄下断言，世界因网络社交而愈加透明，而"世界的透明度将不允许一个人拥有双重身份"。这种对未来的幻想实在太缺乏民族性。20世纪90年代开启的互联网革命的哲学精义，以及中国社会风向标的时代转向，都赋予了这一代人足够的历史资源去提供一张张更为精辟贴合的面具。

陈家坪：也许我们还是应该落实到一些切身的问题上来，当然，它不一定就要是问题，也可以是一种教养，学识上的分享，它可以显示一个人内心的温度和密度。所以，请你来谈谈由此及彼的相关性吧。

戴潍娜：佛经里面的"三障"之一就有"所知障"，所谓读书多令人身心疲惫。尽管渊博在我看来是一种致命的性感，但我自身的写作其实很少来源于阅读，至少很少来源于文学阅读。我的诗歌，只是穿着教养的衣服，挑衅藏在里面，需要先打开华丽盾甲上的密码锁。内心的温度、密度、强度、速度，都如工具的规格般，精准镌刻在诗歌的纹理上。这是谁也无法逃避的自己。如果一个诗人设置的阅读障碍大，一行行下来全是跨栏，那是他的精密度太高，他的智力不允许他写太浅白的东西。写诗大概也是一场智力的奥林匹克。不仅仅是解决现实问题，好的作品会提供一种有力的宇宙观。

陈家坪：我想，黑夜给女性的恐惧，是有些男性永远也想象不到的，这涉及生命的安全感和安全意识。从这里会发展出女性的权力觉醒，对你而言是另外的情景吗？它们有没有进入你的写作主题？

戴潍娜：女性的书写，从哲学本质上说就是夜的书写。我描写一切的恐惧。对于无意识层面的知觉和描摹，我想是女性写作最重要和最有优势的领地。"知觉"或"心觉"的恢复，可以承接到了一个更久远的传统上——阴阳，丹道与汉文明中的母系传承。

说到女性权力的觉醒，如今的女性主义讲出来常常不受人尊重，被一些女权主义者搞得有点偏激甚至丑陋。这种状况迫使我们反思女权主义的传统，我觉得有必要重新寻找一个更值得尊重的传统，来取代上个世纪西方传入的女权主义的那个传统，西方女权传统在中国其实从来也没有真正深入人心。西方女权打响的第一炮是性解放，开发感官，然后是打破禁忌。但在中国，两性文化存在的不光是一个禁忌的问题，它是一门科学，更是一种艺术，就像福柯讲的，只有东方存在"性的艺术"。西方没有，西方只有性的禁忌，所以他们的女权主义就是去打破禁忌，去性解放。在20世纪中后叶，性领域内的挑衅，在中国还有市场，那个年代人们的感官还有待开发；但进入新世纪，人的感官已经被过度开发了，而女性政治权利的争取又缺乏制度基础。只有一个属于我们汉文化自己的女性主义的传统，才能在这片最顽固又最飘摇的土地上立得住。

在一个母性谱系下，我们甚至可以把《道德经》作为女性主义的最早范本。《道德经》就是对"母神文明"集体智慧的最高总结，可以把它拜为女性主义的鼻祖，而不是把波伏娃的《第二性》奉为宝典。具体考证的工作，我们都可以做，比如从出土文献，简帛甲金当中考证"母"在中国文字中的痕迹；从黄河流域、临海至东夷、楚国、百越等地域，研究母性系统的形成；从道藏当中考察道家经典对母性文明的回应。从前都是把那些上古经书作为一个父权的最集中的营地去研究，但其实我们也可以从女性主义的角度去重新介入。

与此同时，试着回溯到一个最古老的源头，考察女性落后的第一步。这也是我多年关注的一个问题：世界上几大古老文明彼此隔绝，为什么到最后都转向了父权社会？源头可能是在语言上。考察了一下每个古老文明的语言的起源，最后会发现人类语言基本都是在母系氏族过渡到父系氏族以后才形成的，就是说各大文明的语言都产生于"父权制"社会，注定是一种父权制的语言。而思维又是寄存在语言当中，对于女权主义而言，这个最早的文明的容器选错了。因此语言非常非常重要，它绝不仅仅是许多评论者大谈的修辞、象征、隐喻，还是权力本身！简单批评新一代写作者们"修辞过盛"是一种没有创造力的陈词滥调。语言就是本质。对于有女性自觉意识的写作者更是如此。人类学家认为我们从大概一万至一万两千种语言，下降到如今的六七千种，在公元2100年时，这个数字可能会降到三千种。伟大诗人每写一首诗都是在对抗语言的灭绝，推动语言的进化，重新调配语言中的权力关系。

2014年10月25日

我们这一代没有真正的青春

——《80后，怎么办？》之杨庆祥采访戴潍娜

杨庆祥：先谈谈你的家庭出身之类的吧，不仅是父母辈，可以谈得更远些。

戴潍娜：我们家是N世同堂。从远了说吧，我最年长的亲人是太姥姥，按我们那边方言，我称呼她"太太"。她是民国最早一批上女子师范的女人，是知府孙女。祖宅有江左名园"日涉园"，取自陶潜名句"园日涉以成趣"。现在无锡有一个锡惠公园，曾是祖上宅邸的一部分。这是我妈妈那边儿的。

杨庆祥：属于士绅阶层。

戴潍娜：算是旧文人阶层。我太姥姥活到了整一百岁，终身念佛、吃斋。"文革"的时候她把家里的所有财产全埋到了化工厂地下，"文革"一结束，挖出古董宝贝后，她就不承认是自己家的了，所有那些财产全部归公了。她那一代女性也挺神的，还颇为女权，我太姥姥生了好几个孩儿（有逃到台湾的，也有早早去了美国的），但这些孩子她都没有自己带过，她对时局、人与人之间的关系似乎有特别透彻甚至冷漠的认识。家里那个时候有裁缝，有奶妈，有梳头的人，孩子一生完就扔到奶妈那儿去了。

杨庆祥：所以现在很多中产阶级的观念是有问题的，比如说孩子应该要父母陪伴，孩子的教育应该是由很多人共同完成的。

戴潍娜：对！过去孩子是有多层教育和多重榜样的，妈妈是一个慈爱威严的大母性形象，奶妈则是可依赖的母性具象，此外还有先生老师……所以在孩子的生命里，世界是复杂化的。不像现在的小孩，我身边很多80后朋友都已结婚生子了，成天围着孩子转，变成了奶爸奶妈了。这种情况下，小孩的世界里只有爸爸妈妈两个人在为这个世界立法。

杨庆祥：其实这是培养另外一种自私。

戴潍娜：没错。我父亲这边是大家庭生活，我从小和爷爷奶奶一起过，毫无代沟，至今还在啃老。爸妈年轻时都很有艺术天分，会玩很多乐器。但我妈生了我以后再没碰过二胡。我很多年都无法理解她的这个转变和和她对待艺术的感情，直到入世渐深，才慢慢咂摸出一点其中无奈又深沉的况味。

杨庆祥：那你觉得，这样的家庭情况对你现在对世界的看法有什么影响呢？我觉得出身对你的影响应该是蛮大的。

戴潍娜：血统的影响对每个人都是真实存在的。上大学后有一年暑假，爷爷让我用毛笔眷写家谱。记得当时每抄录一个名字，都心存无比的敬畏和亲切。我们每个人都是自己祖先的合集，世代祖先在我们身上一遍遍重活。我们家很注重祭祀，此外非常敬老。我爷爷奶奶身体非常棒，现在还能下胯劈叉。我也算是泡在中医和道家养生的家学里长大，对世界的认识也由此不同。太姥姥我虽然接触不是特别多，但印象深刻。我印象里她是个非常优雅的女性，一头纯白的头发，皮肤到九十多岁还是很好，她识人很深，有主张，还能掐会算的。家里其他人虽然不信，但真遇到了人生的大困惑，还是会偷偷跑去找她。那个时候，她就觉得女性读书最重要，她自己每天的生活规律就是上午诵经，下午看书。

杨庆祥：那你小学、初中、高中的教育都是在哪里完成的？记忆最深刻之处在哪里？

戴潍娜：小学、初中、高中都是在江苏如东。噩梦般的教育。

杨庆祥：为什么是噩梦般的教育？

戴潍娜：可能我说得太偏激了，但感觉就是个小型极权社会。其实我特别烦上学，虽说我已经念到博士了。我从幼儿园开始就特别烦上学，极其讨厌教育制度的规训。

杨庆祥：但是你成绩一直很好。

戴潍娜：教育环境里充满歧视和不公正，成绩好不能代表什么。

杨庆祥：这就很奇怪。一方面你非常反感，但另一方面你又非常配合这个制度。

戴潍娜：算是内在的反叛吧。我爸也特烦学校教育。幼儿园期间我基本上没在学校待过完整的一天。上午上会儿课，中午我爸就偷偷把我从学校运出去了。我们一起逛街上的影剧院、录像厅。除了成人片，多高级的多无聊的，我们什么都看。80年代末上映过的所有电影和绝大部分录像我都看过，那真是人生最美好的一段时间。在录像厅里，老爸会像对待小哥儿们般给我递根儿烟。他在一旁吸烟卷，我也装模作样地叼在嘴里，直到烟头快烫到嘴了才吐掉。

现在想想，我"动物凶猛"的游荡期来得真早，还是跟着老爸混的。后来上小学，美好终结了。

杨庆祥：我记得你高考是江苏省前二十名，你上大学时我已经大学毕业。那个时候其实已经开始扩招了。

戴潍娜：扩招对我们那个地区其实没有太大影响。江苏人高考是跟自己人PK。话说"全国教育看江苏，江苏教育看南通，南通教育看如东"。其实是教育致贫啊。为什么呢？就是一个地区教育太好了，高素质人才就都流出了。人才流出还不要紧，关键是人才流出后，家长的资金也全部被带出去了（笑）。上大学后，我们中学校长曾想邀请我回去给母校的学弟学妹做个演讲，谈自己的中学学习生活。我报了个题目，校长听后就不让我讲了——"中学是我人生中最美好的噩梦"。首先它一定是一个噩梦。国家1993年就开始实施双休日政策了，可是中学六年时间，我们学校从来没有过一个完整的周末。周六下午放假半天，次日是全年级排名的"周试",半天假期仅仅意味着学习地点的转移。六年的时间，除了主课以外，没有劳动课，没有美术课，没有体育课，没有活动课。课表永远都是语文语文、数学数学、英语英语这样两节连排。睡眠永远不足。下课是最安静的时刻。全班没有人出去玩，全都趴倒在课桌上，小猪似的呼呼睡觉。我毕业后回过学校一次，正好是课间，隔着大排窗看到一班歪倒睡觉的"小猪"，真觉得那是一幅太残酷的图景。小学的时候则更夸张，罚站，罚跑操场，耳光，往脸上吐口水，蹲垃圾筒，这些都是太常见的事儿。尊严和自由是什么？人性黑洞的底线在哪里？面对歧视和不公，为什么总是全体的沉默？这些问题都提前到来了。

杨庆祥：有时候还挑灯夜战，自己还加班。我们那时候跟你们差不多，但可能比你们要轻松一点，一个星期可能会休一天，星期天会休息。

戴潍娜：有的地区是军事化管理。我们更加像监狱化的管理。

杨庆祥：那么这个对你人生会有很大的负面影响啊？

戴潍娜：有影响。我后来一直特别关注人类的集体无意识，从战争状态到奥斯维辛，从全村皆贼的案例到海天盛筵的荒诞剧。我过去上的学等于蹲过监狱，一方面是极端限制，另一方面也开启了我对黑暗的打井式的思考。我完全可以体会到，在一定的封闭范畴内，只要有强权和多数人的附和，任何荒谬都能成为合理。

　　杨庆祥：那你怎么叛逆？

　　戴潍娜：我能做的很少，也无非是在家长怂恿下装装病、赖赖作业。

　　杨庆祥：那你这个叛逆是在安全的范围内进行的。

　　戴潍娜：也有一定风险吧，就是老师会传她爸是奇葩（笑）。有效的叛逆行为其实没有，只有自己内心的痛苦和软弱的反对。我算是个比较坚强的女孩，中学六年唯一一次当着同学的面流泪，是因为校园里最古老的一棵大树被砍倒了。那棵树得五六个人才能抱拢，每天黄昏上百只归巢的鸟儿像片黑袈裟似的裹进树冠。可学校却把它砍倒了，围起来建了个绿化带，竖起一块省重点高中的钢牌子。后来又在绿化带种了棵小杉树。没多久，省里面要来领导视察，正值冬季，杉树都是枯色。我们学校领导于是命令：用绿色的油漆把杉树刷绿。面对这么一棵刷了绿漆的杉树，我只有使劲儿写日记嘲讽。

　　杨庆祥：我高中的时候就会直接不安全地叛逆，就是我会直接旷课。然后学校经常勒令我退学。然后家人就会找各种关系再去求。我会经常寻衅滋事，斗殴，就是男生的那种叛逆。我觉得我当时也是对整个的教育环境……

　　戴潍娜：非常绝望？

　　杨庆祥：倒是没有绝望，就是觉得非常无趣，就是我要找好玩的事情。

戴潍娜：当时的教育环境是非理性的。

杨庆祥：对。我就非常喜欢找好玩的事情，经常拉一帮人抽烟喝酒、旷课，男孩子嘛！

戴潍娜：我一直觉得学生时代唱反调的小痞子们，反倒是反奴性的清醒的人。

杨庆祥：但是后来我在高三的时候就突然强烈地意识到，我要参加高考，要改变命运。知识改变命运，我不知道为什么这种氛围比较强烈，出身农村的人可能这种感觉要强烈一些。

戴潍娜：我们那儿也差不多，上升路径是独木桥。成功的概念是那么单一，只有进入名牌高校才是正道，毕业以后只有当官才是正道。

杨庆祥：现在还这样吗？

戴潍娜：似乎没什么改观。

杨庆祥：那现在我们那儿可能就不这样了。现在我们那儿的人就觉得你挣很多钱，那是成功的标志。当然官本位还是会有，但我觉得大家的成功的观念可能在慢慢地转移。更注重实惠的东西。高中完了就是高考。那你有没有早恋的这种经历啊？

戴潍娜：没有啊。升学率背后的代价是青春的荒芜。

杨庆祥：没有就是好学生是吧？

戴潍娜：好学生当中的坏孩子。

杨庆祥：没有别的什么理想主义的教育，或者是什么理想？

戴潍娜：家庭中倒是有爱的教育。

杨庆祥：那时候你有没有想过将来特别想从事的职业啊什么的？

戴潍娜：有啊。说来有点搞笑，小时候想当尼姑。我中学同学至今津津乐道我那时候成天要青灯古佛什么的。不过心里也是偷偷做过作家梦。

杨庆祥：唉，我那个时候倒没想当作家。我高中时有很强烈的理想主义情绪，我那时候觉得我要做一个法官。

戴潍娜：哦，你想为世界立法？

杨庆祥：就是当时对身边的好些不公平的现象，我还是充满了愤怒的，所以觉得要做一个法官。因为我当时是高中生，以为法官是权利很大的，是一个公正秩序的象征，能够除暴安良，锄强扶弱之类的感觉。所以我当时就特别想考中国政法大学啊，西南政法大学之类的。

戴潍娜：我是想要练成神功(笑)。 说到这个，我好像也有过几段特别愤怒的时期，但我更大的愤怒是对女性在社会上的弱势，似乎从小就有很强烈的性别意识。

杨庆祥：哦，那这个非常不容易。

戴潍娜：我上学时热爱的两位绝色女老师，都因为所谓的"作风问题"，分别被迫辞职和受到严重排挤。因为这个，我对这两所学校至今心怀恶感。高考结束后，我终于可以和那位备受非议的年轻女老师同坐在一间屋里沉默着叹气，那时候我意识到，原因根本不在于什么"作风问题"，在一个疯狂的环境里，一点点理智和情感都是要受到严惩的！她是我们中学引进的学历最高的老师，她带来的开明思想和自由风气实在是危险的。另外那位美丽女老师，是我小学二年级的语文老师，她因为一场飞来横祸的恋爱，被领导层层谈话，前途全毁，调去了乡下。我当时只有非常朴素的正义观，看到老师的遭遇，对学校的领导阶层简直恨到了骨头眼儿，每天都想像董存瑞炸碉堡一样把学校轰炸掉。几年前我五一回家，在商场里碰到了这位女老师，一眼认出了对方。十几年过去了，她仍然惊艳得跟李嘉欣一样。糟糕的制度和社会环境，想扼杀这份美也没那么容易……

杨庆祥：其实好像当时的社会教育对我们这一代人来说不是很成功。比如对你来说你的教育可能主要就来自你的父母，还有就是学校，而应该还有很大的一块社会教育，我觉得这一点可能比较缺。比如你参加一些社会活动，然后通过社会活动获得一些教育。

戴潍娜：那时社会只存在于虚幻想象中。我太沉迷古代武侠片了，还以为出门儿真是个绿林好汉的社会呢。

杨庆祥：像我这种叛逆的小痞子，可能冲到外面跟社会接触后，在那个里面受到了很多教育，但同时也养成了很多恶习。

121

戴潍娜：待在监狱里的人更可怕，就像电影《朗读者》里面那个女主人公在里头蹲了几十年，刑满释放的那天吊脖子自杀了。

杨庆祥：她不愿意走是吧？

戴潍娜：她已经无法迈出这个环境了。说起来挺诡异的，我当时都觉得大部分老师是没有私生活的，现在回想起来觉得挺可怕。老师们每天从早上6点钟到晚上10点钟就围着这群学生的成绩在转。

杨庆祥：所以我当时高中的职业愿想里面，有一个是首先排除的，就是中学老师。我觉得中学老师完全没有自我。

戴潍娜：嗯，有点像特定环境中的监狱长（当然，大城市里面情况肯定不一样）。囚犯跟监狱长是先天搭对的，但他们身上的那种桎梏是共生的，互相绑架。

杨庆祥：对，我觉得他们就是特别的单调，乏味，缺乏个性，这是非常糟糕的处境。

杨庆祥：非典时候你还在上学吧，有什么影响？

戴潍娜：没有太多感觉。

杨庆祥：因为本来就是监狱一样的生活。

戴潍娜：即便到了世界末日那一天，所有人的状态都还是在那儿努力工作。

杨庆祥：对，非典可能对北京这些城市冲击大一点。我当时在安徽淮北，感觉也没什么事儿，就没什么冲击，没什么影响。

感觉有些事情是必须要办掉的，其实没有选择权。选择权永远是那些身居上层的人才有的，他被选择他有船票啊之类的，普通人根本没有船票，所以世界末日跟他也没关系。末日到来也要站好最后一班岗。后来就是考上人大了吗？

戴潍娜：是啊。

杨庆祥：你高考选的是？

戴潍娜：外交系的本科。

杨庆祥：为什么当时选外交系啊？

戴潍娜：虚妄吧。

杨庆祥：觉得外交就可以了解这个世界是吧？

戴潍娜：当时觉得外交多牛啊！被这个名字给欺骗了。

杨庆祥：到了大学以后什么感受呢？

戴潍娜：第一次过寄宿集体生活，自理能力特差。开始两个星期，天天在学校里迷路。还有文化差异需要适应，否则无法真正理解他人。

杨庆祥：会有这种强烈的感受？我倒没有。我当时也是寄宿学校，大学本科，硕士，都没什么感觉。

戴潍娜：就大一上半学期有，但是瞬间这个感受就过掉了。

杨庆祥：然后大学四年就是平淡无奇地过了？

戴潍娜：以前也跟朋友开过玩笑说：大学四年唯一的功效，就是把高中学到的为数不多的一点有用的东西给忘光（笑）。当然这么说完全是为了夺人眼球而言辞陡峭，失之公允。

杨庆祥：那等于就是大学没学到什么东西啊？

戴潍娜：当然不至于。但对大学教育也确有些不满足，感觉不是理想中的大师之大学。

杨庆祥：大学应该自学啊，你没有自学吗？

戴潍娜：那个时候辅修了哲学，在哲学系我是认真地看了一些书。大学以前我世界观情感观是武侠小说塑造的，上大学后则是福柯、尼采、海德格尔。

杨庆祥：这个和我有点像，我当时不是辅修，我是自己阅览，借阅大量的哲学书看，学到很多。就是说，像人大这种名牌高校应该还是能给你提供一些不一样的东西。

戴潍娜：是的，人大是我的第一波启蒙，开始努力认识自己，认识世界。

杨庆祥：大学四年，那你除了课堂教育这些学的，自己没有去接触一些别的？

戴潍娜：谈恋爱（笑）。

杨庆祥：谈恋爱算是自我教育吧。

戴潍娜：也是认识世界的一种方式吧。高中的时候一个年级有一千多个人，说一个吓人的概率，一千个人里面只有个位数在谈恋爱，这是多么小的一个概率。

杨庆祥：那你在大学里有没有觉得空前的自由、解放？

戴潍娜：所以我一上大学就胖了10斤（笑）。

杨庆祥：其实你不觉得在这个环境里面对自我的要求越高吗？

戴潍娜：上大学以后开始彻底地反思过去被规划的人生，自我纠错。中学时候的愤怒是没有出口的。上了大学以后，你突然为中学所有积攒的负能量找到了出口，就是自由，自由就是最大的出口。

杨庆祥：大学里谈恋爱其实是一件蛮普通的事情哦。

戴潍娜：最普通了。

杨庆祥：所以这个里面好像也没什么可谈的东西啊。能谈些什么不一样的东西出来吗？反正我觉得我大学谈恋爱倒是有一个有意思的地方，就是让我变得不愤怒了。我是个男性，我谈恋爱之后就觉得这个世界好像还蛮不错的。我以前对这个世界是冷嘲热讽，其实是非常愤怒的、对抗的这种状态，我一谈恋爱就觉得，世界原来也很好啊。

戴潍娜：我最大的改变可能是，让我发现人是可以有坏习惯的。你所有负面的、与规范不相符的东西可以释放出来，并且成为一种可爱的存在。

杨庆祥：那你大学里交往得广阔吗？

戴潍娜：我大二的时候还坚持参加着8个社团，英语协会、学生会、广播台、英语戏剧社等。

杨庆祥：除了社团以外有没有别的社会实践类活动？

戴潍娜：去美国、土耳其参加过一些国际会议。

杨庆祥：其实社团里面能学到很多东西吗？我一直对社团很怀疑。

戴潍娜：社团是官僚体制的前期训练。

杨庆祥：对！有点这种感受。尤其是像学生会之类的组织。它其实并没有起到一个自治啊，或者是锻炼自我的这样一个作用。

戴潍娜：可以发泄很多旺盛的剩余精力嘛。还可以交到好玩的朋友，大学里不乏奇人。

杨庆祥：那我就已经开始教学了。我是2004年到人民大学的。你从什么时候开始写诗的？

戴潍娜：中学就开始锁起房门偷偷写了。

杨庆祥：也是一个出口。

戴潍娜：是很私密的出口，认真体会自己的存在感。

杨庆祥：这种自我的存在感好像特别强烈，就是要求证一个自我的存在感。为什么会出现这种情况呢？你觉得像我们父母这一辈有这么强烈的自我存在感吗？我觉得好像不是这么强烈。

戴潍娜：他们那一代人有整体的存在感。

杨庆祥：就是有整体，整体有存在感。所以个人倒无所谓了？

戴潍娜：对。而且他们对这个世界的感知是丰富的。他们年轻时，真的有大把时间做到跟世界玩耍，而我们没有。可以说我们这一代（特别是我们那个地区）没有真正的青春。我话可能说得极端了，但真的感觉没青春。

杨庆祥：或者说青春很苍白，很单调。

戴潍娜：很苍白。你完全跟世界隔阂，你对世界是没有感知的，你只能通过逻辑意义去产生联系，你没有真正的触感！

杨庆祥：对，我觉得这一点特别重要，就是我们这一代人和实际发生的关系是虚指的。甚至比我更年轻的会更虚拟，比如通过网络、媒介。

戴潍娜：对世界的触觉消失了。

杨庆祥：你不知道世界有多面，你只知道某一面。因为虚拟的也是一面。

戴潍娜：所以要写诗嘛，诗歌直接跟存在对话。

杨庆祥：我现在不觉得。我觉得我们整个的写作也是跟世界不发生对话的关系，越来越有这个趋向。小说、诗歌都是这样，在自己的世界里面繁衍。

戴潍娜：它自己形成了一个封闭区间，内循环。这个很糟糕。我还是渴望有更多的体验。参加社团也是体验主义吧，过盛的精力想把每一块能触及的地方都涂上点自己的色彩。

杨庆祥：当时像学生时代，其实我个人认为还是一个蛮封闭的时代。哪怕你在学校里参加了很多社团，其实你还是在学校，也是在一个围墙里面生活。

戴潍娜：人永远是在围墙里活着。不过有段时间想法也比较极端，觉得只用活到30岁就够了。30岁之前把这个世界淋漓尽致地体验完。

杨庆祥：30岁也体验不完啊。

戴潍娜：这个是后来才慢慢明白的。

杨庆祥：是不是男女有别啊，就是我发现你对这种社会性的事件关注度都不是很大。比如你会更多地关注一种内在的东西，比如写作啊，而我呢会更多地关注一些很大的事情。

戴潍娜：我对外在世界介入得很晚，出国留学以后才真正开始关注公共空间。

杨庆祥：那你研究生是在国外读的吗？

戴潍娜：对。

杨庆祥：那说说这个吧，为什么当初要去英国？

戴潍娜：可能是对逝去时代的向往吧。我根本没考虑美国的学校，我就想去牛津剑桥。牛津剑桥虽说衰落了，但就是这种历史气息，没落贵族身上的落拓之气也很吸引我。我就想去那边寻找一点贵族教育，精英主义。尽管一切都不像维多利亚时代那么随性简单了。当时的学生会指给游人看思想巨人工作过的房间，还弯腰向窗玻璃投几块石子，说道："就是那位伟人。"

杨庆祥：说说你的感受。

戴潍娜：到处是历史和故事。半夜跳舞回来，高跟鞋踩得石板路噔噔响，你不知道路面之下是巨大的酒窖，亦或藏有莎士比亚手稿的地下室。长期生活在这些故事中的人，会渐渐染上一种轻浮懒散的生活方式，一种清教徒式和纯粹艺术家的严厉迂腐的精神，偏爱"极端的事物、古怪的人、绝望的情形"。

杨庆祥：那你觉得那边的学生，比如从中国去的学生跟英国本土的学生或者是从其他国家过去的学生有什么差异么？

戴潍娜：英国本土的学生倒不是那么多。有意思的是，在牛津，书店是比夜店更加能让年轻男女擦出火花。

杨庆祥：就是喜欢在书店里面发生一些故事。

戴潍娜：读书变成了一件很性感的事情。

杨庆祥：对啊，这个我觉得就是很大的区别。在中国你一谈到读书，很容易让人想到一个很傻的形象，或者是很落魄很糟糕。在欧洲那感觉是智慧。

戴潍娜：智慧，性感而有趣。

杨庆祥：还有内涵。

戴潍娜：而且格外有趣。17世纪时，令人尊敬的院士和他们最喜欢的学生一起喝酒、赌博、嫖妓、旅游，甚至徒步58英里去伦敦再原路折回，只为打赌。

杨庆祥：但是是不是有一个前提，就是他们不需要考虑别的问题了，比如经济上的问题，然后他才会把这个事情做成是一个比如说很优雅的事情。

戴潍娜：这是一个大原因。虽说如今的牛津也不是只向贵族敞开了，但学生基本都算衣食丰足。另外学校里黑人极其少，几乎见不到。

杨庆祥：这是一个很不一样的地方，就是不需要为自己的温饱问题而担忧。

戴潍娜：纨绔子弟是这样，就算已经到了山穷水尽兜里10块钱零花钱都没有，但是他还是可以像桑塔格那样骄傲地宣称"如果我身上只有10美元，这10美元还是用来打出租车的"。

杨庆祥：就是有那种贵族气息。

戴潍娜：可能吧，那真是一段最愉快的时间。

杨庆祥：那这就是一个心态问题啊，这并不是物质问题啊。

戴潍娜：就是鄙视生存问题，以此为耻。

杨庆祥：我觉得中国的年轻人这些年来最基本的一个问题就是，在生存上消耗了太多的精力。所以我在想，我们这个国家没有创造力，就是因为我们在家庭，在基本的生存上消耗了太多的精力。

戴潍娜：社会结构性问题。矮房檐下，长不成大树。

杨庆祥：就是这个没有办法，你说这是命运还是国情，没有办法。

戴潍娜：一代人有一代人的残酷。痛苦与痛苦没法比较。我们这一代人虽然没有经历过灾荒战争，但承受的压力痛苦，不能说小于饥饿。

杨庆祥：这缺钙不是他自己的原因造成的呀，这是我们的历史造成的。在牛津待了两年，那你在那边的社会观感是什么样子的？对英国社会，老欧洲？

戴潍娜：缓慢、笨拙而有序。

杨庆祥：比如说你在北京你会觉得，哇，好热闹啊，好嘈杂啊，这种力比多，年轻，急匆匆的。

戴潍娜：就是下了地铁走出来，迎面走来一百号人，每个人的面孔都苦大仇深，头上恨不得拧一把发条，每个人都好忙，要干点什么大事。这是一个疯狂的年代。欧洲有一种高兴的文化。高兴是一种文化。我在英国就觉得那边真是一个彩色的国度，不光因为他们的头发是彩色的，眼睛是彩色的，他们确实有彩色的文化。中国现在普遍的焦虑，普遍的压抑。我不是说国外什么都好，英国自然有各种优越性，但你会强烈地感觉到，它的每一寸国土都已经被算计过了，发展和变动的空间有限。但在中国不一样，中国毕竟还是一个上升的地方，所以很多的毕业生还是会愿意再回到中国来。

杨庆祥：但是你还是觉得不一定是坏事？其实中国的这样一种疯狂的状态其实不一定是坏事，可能更有活力？

戴潍娜：泥沙俱下，不完全是负面的，它是一种社会活力的象征。

杨庆祥：有没想过就一直待在英国？

戴潍娜：我觉得海鸥是比较理想的状态，国内外两头跑，两边的风景都不错过。

杨庆祥：其实这你是有选择的机会的。这就慢慢凸显出来你本身的阶层，就是说你基本上不需要太多为生存的操心，所以你可以有这么多的选择。

戴潍娜：这选择算多吗？

杨庆祥：但是大部分人，比如像我这样的，可能就没有这么多选择的机会。有没有过这种意识？

戴潍娜：选择都是有限的选择吧。

杨庆祥：或者说你有没有在做出某些抉择时，有没有一种强烈的感受，就是我拥有比你更多的自由，或者是我和你不一样之类的。

戴潍娜：我对自由的理解是存疑的。我拥有的是我这个频段里的自由。绝对的自由，导致绝对的痛苦。

杨庆祥：你这个解释确实很和谐。其实你这里就是把选择做区隔嘛，就是你把选择视作是一个个人的行为，而不是说它背后其实有很多社会性的因素。因为你觉得这是不同的频段，人生的不同的频段，你会有不同的自由度去选择。但是你要知道，有时候一个整体的社会或者说一个整体的环境，它会制约某些人的选择。

戴潍娜：制约必然存在，只是要看是不是理性的制约。比如古希腊有很强的礼法制约，中国古代有遵循"天道"的制约。

杨庆祥：所以其实，从这个角度看，你这个阶级或者说阶层的意识其实大部分是没有的。

戴潍娜：那真不是，我得说其实特别强烈。

杨庆祥：为什么特别强烈？我觉得你好像是没有啊。

戴潍娜：你说我们算什么阶级呢？

杨庆祥：我们是中产阶级吗？我觉得不算。

戴潍娜：对，不算，中国没有真正的中产阶级。我们就是底层社会里受教育程度最高的一群人。

杨庆祥：那这一群人怎么界定呢？小资产阶级？

戴潍娜：现在很难界定。

杨庆祥：小资产阶级？也不行。

戴潍娜：那个时候在牛津，有一部分中国的学生跟我一样，有一个强大的意识，希望借助一个贵族血统去改变自己的阶级性。

杨庆祥：为什么？就是说你觉得一个人通过他的修养、学习而不是他的经济基础可以改变自己的基础。

戴潍娜：后来发现是幻灭的，根本不可能。就是你不可能通过你优越的教育或者修养去改变阶级。现在没有科举制了，通过读书向上流通的阶级通道是关闭的。

杨庆祥：对啊，必须要通过经济基础。然后才是上层建筑。

戴潍娜：但年轻人容易会有这种妄想嘛，很多人都会对留学抱有特别大的妄想，认为海龟毕业回来就摇身一变改变阶级性了。其实没有，其实你只是坐了几趟国际航班的同样阶级的人。

杨庆祥：其实这种想法是特别小资产阶级的想法。小资产阶级总是试图通过自己教育上的优越性来提升自己的阶级属性。其实最后还是要回到经济上，回到资本这个角度来看。

戴潍娜：是的。就像威廉·格纳齐诺写的那样，"你的睡眠质量太差，你醒着的时间太长，你平庸的事想得太多，你希望过多，你安慰自己太频繁"。

杨庆祥：所以后来留学的经验，对你来说，也不存在幻灭嘛。

戴潍娜：对我是一个巨大的启蒙。人生第一个真正意义上的转折点。

杨庆祥：什么启蒙？

戴潍娜：对这个世界的理解。还有就是对公共空间的关注。不再局限于一个自我的范围，对外部世界有了更多的关怀。

杨庆祥：为什么会有这个变化？就是为什么会对公共这么感兴趣？是因为年龄的增长，还是？

戴潍娜：首先是交往方式的影响吧。在那边，我跟导师、同学或朋友一起的谈话，很少是围绕私人话题进行的，更多是谈论公共问题。

杨庆祥：这个很有意思。

戴潍娜：这也是和国内的一个很大的区别。

杨庆祥：比如中国我们同事在一起交往，甚至是教授在一起交往，更多地讨论的都是私人问题，比如说买房子、结婚、孩子教育、身体健康，中国人喜欢谈论这些问题。但是你刚才讲的，在国外他们可能更多讨论国家政策、环保，等等。

戴潍娜：在一个特别精英的环境里，你会发现所有人都像忧国忧民的，人与人的交往方式更多是从公共问题切入，谈历史谈艺术谈政治，就是不谈生活。有时候你简直把握不了那个度，不知道要熟到什么程度，大家可以聊聊私人生活。

杨庆祥：其实这一点反而更加衬托出他们更个人主义。因为有些私人话题是不能拿出来讨论的。

戴潍娜：我觉得更多的是大家对公共事务和政治参与确实有热情和关注，个体意见的介入是可能的。

杨庆祥：就是社会的参与程度非常高。

戴潍娜：非常高。西方是辩论型社会，这一点和我们国家在根源上就不同。

杨庆祥：而我们其实是一个社会参与程度非常低的这样一个

国家。

戴潍娜：此外也说明另一个问题，我们的话语往往是同质化的。公共话题为什么没法谈论，因为我们总在用同一套话语去谈论它们。我说这个问题跟你说这个问题往往一样。民主化程度较高的地方，更容易听听不同的声音。

杨庆祥：所以这就是我在那个文章里讲到的，我们为什么没有归属感，或者觉得我不是这个社会的主人公，就是没有这种意识，没有这种主体意识？就是因为我们没有办法去参与，没有找到一个很好的途径，去参与这样一个社会化的事务，讨论社会化事务。然后是讨论，我们的讨论方式都有问题。

戴潍娜：对，讨论和辩论的方式都没有能建立起来。

杨庆祥：对。

戴潍娜：话语引导太强势了。大众跟从着一些低媒的判断。

杨庆祥：非常重要。第一是讨论的方式没有建立起来，第二是讨论的空间我们没有形成，有效的空间没有形成。这就有点糟糕。

戴潍娜：对。

杨庆祥：这会造成很大的问题。失语啊，压抑啊，诸如此类的问题。

从英国回来后你们同学从事了很多不同的职业？有什么感受？有没有挫折感或是什么？

戴潍娜：国内社会不适应症候群。

杨庆祥：就是从小学、初中到大学，可能前面你的挫折感都不是很强，但是进入社会的时候突然有强烈的挫折感。你先说你做了些什么职业吧。

戴潍娜：我回国初期待在江苏老家，当时觉得离家太久了，比较想和家人待在一起。

杨庆祥：做什么工作？

戴潍娜：我爸把我安排在家乡电视台，天天播播新闻，录完节目就溜回家了。

杨庆祥：那你做过电视节目的播音员是吧？

戴潍娜：算是吧。

杨庆祥：哇，那很厉害的呀！

戴潍娜：不觉得啊，只是不想坐班而已。工作没多久就有中学老师很愤怒地打电话过来问，为什么读了这么多书回来没出息地干这个。我发现在家里赖不住了，就来到北京。来到北京后也本着神农尝百草的精神尝试各种不同的工作。也到处投简历，我发现只要是我投简历，都能够进最后的面试关，然后见光死，最后一轮基本都会被刷下。

杨庆祥：为什么？

戴潍娜：开始我认为是自己面试表现不好，后来我一个闺蜜一语道破其中的玄机：其实人家单位一开始就没觉得我适合，但人都好奇，想看看牛津回来的人是什么样的。他们看一下再把你刷下去。

　　杨庆祥：哦。这是一个很醒龊的方式。好像在新华社干过是吧？

　　戴潍娜：在新华社做过编辑也做过记者。

　　杨庆祥：后来发现做不了，不干了？

　　戴潍娜：实在做不了。明明两个小时可以完成的工作，大家都搞得日理万机，一天天都还要加班才够意思。我可能哲学看多了，比较偏激地认为那种办公室生活在深层意味上是一种集体自杀。更重要的，你发现自己每天都在制造无限多的信息垃圾。这世界信息垃圾已经太多了，我还花费青春在那儿制造垃圾。

　　杨庆祥：每个媒体都是这样的，不是新华社。但这其实是现代社会的一个最基本的状况，就是信息，大数据时代嘛，庞大的信息量。那你怎么办啊？

　　戴潍娜：一方面巨大的信息量，另一方面每个人的思考空间被挤压到了最小。

　　杨庆祥：对。

　　戴潍娜：刚刚来北京工作时，最大的感受是，地铁是一个压抑的地方。有时甚至觉得地铁是一个可以让人性扭曲的地方。

　　杨庆祥：为什么？我经常坐地铁。

　　戴潍娜：地铁本身是一个封闭的空间，它跟公交车还不一样，它跟外面的世界完全没有联系，而且它是一个地下世界，这地理环境首先就决定了，它是有一种令人窒息的气质的。然后坐地铁时，我经常发现地铁里的人很少有一个是愉快的。地铁里你能看见笑脸吗？我几乎没有看见过。

杨庆祥：是。

戴潍娜：一帮瞌睡的憔悴的人。契诃夫写过一篇短篇小说，写一个看孩子的小杂工，已经困得不行了，极度疲惫了但还要劳作，结果心生恶意和怨怼。地铁里到处是这样的人。

杨庆祥：这个基本上符合地铁的描述，但也是有笑脸的。我记得我坐地铁还是能看到有人在笑，有人在闹，大概主要是年轻人。

戴潍娜：还有一点，地铁里肉体的距离没有了。

杨庆祥：这个没有办法呀。

戴潍娜：肉体的距离没有了，这个很糟糕。当一个人肉体上的距离没有了，他的道德程度和他的尊严羞耻是瞬间摔碎的。

杨庆祥：这个我深切地感受到这一点，就是除非你跟一个很亲密的人在一起，要不然保持一个肉体上的距离，很重要。

戴潍娜：非常有必要。没有了肉体距离的时候，道德距离也就没有了。

杨庆祥：回到刚才的话题，大家还都觉得新华社不错，有大量的人去。你当时有就业焦虑症吗？

戴潍娜：也有吧，说没有是假的。

杨庆祥：就是可能没有那些应届毕业生那么强烈。

戴潍娜："海龟"没有应届的概念。所以很多"海龟"回国都先要晃荡一两年。开始找不到感觉。

杨庆祥：国外那些办公室啊、企业啊等工作不也是这样子么？

戴潍娜：规则相对比较透明。

杨庆祥：哦，那倒是。国内的这种潜规则太可怕了。

戴潍娜：我在新华社默默无闻地工作了一段时间，很多人都还互相不认识，但辞职的那一天，很奇怪，突然，我觉得所有的光彩和荣耀都照耀到了自己身上。人事处的领导，记者组的同事，编辑部的朋友，都以非常艳羡的眼光看着你离去，因为你实现了他们想了几年都没有跨出的那冒险的一步。

杨庆祥：唉，这就是中国的这个环境。你真的做出了一个有效的选择，其实还是有很多人欣赏的。

戴潍娜：也有很多人说我傻了。不过我自己很满意后来读博士的人生选择。

杨庆祥：然后就是读博士？

戴潍娜：没，之前还办过一个公司。

杨庆祥：这个可以讲一讲。

戴潍娜：我和亲戚朋友合伙办过一个碳交易公司，做跨国业务。当时挺时髦的。

杨庆祥：我是很感兴趣为什么你会投资这个项目？

戴潍娜：《京都议定书》把国家分为有减排任务的一类国家和没有减排任务的发展中国家。像中国这样的发展中国家，发展替代性清洁能源的过程中产生的虚拟金融指标CER可以拿到国际交易所进行交易，资金来去很大。碳交易的魅力在于，它不仅关涉全球变暖的环境议题，也同时涉及国际政治。后来的哥本哈根会议沸沸扬扬却没有结论。但按照当时的形势判断，正如雅尔塔会议定下了二战后的世界格局，碳交易作为一种新金融其实是把世界格局重新洗牌，是确立新一轮的原始股分配。做碳交易时，我对国际政治形势和各大金融机构的研究报告都是密切跟进。我觉得非常重要，也想参与到这个进程中去。

杨庆祥：这个和你在英国留学的经历有关系吗？我觉得这个生意做得很有国际视野。

戴潍娜：有关系。当然也与一些老师和校友的影响有关系。

杨庆祥：校友？牛津大学的校友吗？

戴潍娜：牛津剑桥算一家嘛。从事碳交易的人是一个非常少的族群，在中国，总共也才几百人。

杨庆祥：非常小，非常精英。

戴潍娜：基本都是一流名校毕业，高收入，圈子特别小。

杨庆祥：然后呢？

戴潍娜：开始很轻松地赚到一些钱，觉得用智力赚钱是一件很酷的事情。后来欧洲经济危机，加上《京都议定书》没有续签，整个碳交易市场几乎都消失了。

杨庆祥：然后从中学到什么？

戴潍娜：创业是一段无可替代的经历。像碳交易，来去资金量非常大，看着那么大的数字在E-mail里穿梭来回，是很刺激的体验。人也要迅速地成长，要谈判，要赌市场，要管理员工。当然我做的这个行业可能跟国内绝大多数人的创业经历有区别。它是一个非常新兴的产业，全部是国际业务，规则清晰透明，透明到甚至做这桩生意时你跟买家都不需要见面，更不需要搞关系。我在很长一段时间内跟我的上线买家都只有E-mail往来，所有的付款啊，合同啊都进行地非常顺利。

杨庆祥：这很有意思。

戴潍娜：在国内业主这边，我们是给他们创造利润的，又有一定程度的稀缺性，于是更不需要太多关系。基本上站着就把合同签了。这个生意做得比较有尊严。

杨庆祥：在中国要做有尊严的生意是很难的。

戴潍娜：很难。最大的问题在性别上。在中国，如果你有一根女权主义的神经，你会发现浑身都不适应。性别歧视，还有年龄歧视。你会发现一个小姑娘出去谈事情，人家不相信的。

杨庆祥：这是中国特有吗？这个我不了解。但是确实，年轻、资历或者说其他的会让你有很多限制。

戴潍娜：还有女性。

杨庆祥：对，女性。那没办法。那你后来有没有想过，就是这种很强烈的性别上的问题，有没有想过用什么方式去改变它？

戴潍娜：中国这十年来，女性意识有一个很大的滑坡和退步。

杨庆祥：对。

戴潍娜：你看我们现在文学里的女性主义比较有代表性的人物或者说事件，大多在1993、1994年间。那其实是有国家意识的推动的。因为国家在1995年要承办世界妇女大会，中国政府希望表现与世界接轨。那期间就出了很多这方面的书，但那之后女权主义声音迅速地没落。

杨庆祥：这个也是，近十年这个退步得很厉害。基本上销声匿迹，而且要不就被扭曲，曲解，丑陋化。

戴潍娜：关键是丑陋化。偶尔有女权主义者弄出一些事件来，往往会招来嘲讽。有一些女权主义者确实做得不雅。但即便是这样我也还是为他们鼓掌的，起码他们有自觉的女性意识。

杨庆祥：有时候一想到女权就会想到李银河，同性恋啊之类的。

戴潍娜：李银河还是不错的。

杨庆祥：这其实也算是一代人的困境。那你有没有从这里面有一种代际啊，自我认同啊，或者是排斥啊这些？或者说你作为一个接受过女权主义教育，或者牛津大学这种精英教育的人，有没有一种超越自己的更大的情怀？

戴潍娜：我对于中国女性状况一直非常关注，并且希望有所作为。

杨庆祥：那你特别关心哪一个女性阶层？

戴潍娜：每个阶层我都挺关心的。以前说女性获得经济独立就获得了女性权利，没那么简单，各阶层的女性有各阶层的困境。

杨庆祥：比如说我们有时候会集中地关注，比如有些国家一直在关心女工，但是没有想到女教授也有她的问题，女博士也有她的问题。

戴潍娜：因为现在中国整个社会机制对于女性的保护，已经到了一个最弱的程度。国家法律没有很好地保障女性权益，在职场上、婚姻上，保护都是缺席的。我这么说可能偏激，现在是一个女性普遍没有尊严的时代，不是说女工没有尊严，女教授也没有尊严，女富二代也没有尊严。

杨庆祥：你为什么要读博士呢？

戴潍娜：读博士纯粹是出于对文学的热爱，读了后发现加入了一个弱势群体（笑）。

杨庆祥：就是说你还是有理想的，这个其实很不容易。但我个人感觉，在理想主义、浪漫主义，这些看起来很过时的东西，在一部分女性身上好像保留得更多一点，你觉得呢？

戴潍娜：似乎是这样的。

杨庆祥：是不是因为男人可能必须要更多地与世俗发生关系，女人是不是可以稍微远一点？

戴潍娜：有玩笑说"未来的世界是女人思考，男人干活"，现在中国社会对于成功的理解特别单一，男人首先要获得经济，然后才可能获得其他的资源，也是很惨的。女权主义从来不是女人一起反对男人的战争，而是男人和女人共同面临的问题。

杨庆祥：但是这会产生一个问题，就是男性会越来越粗糙，在他的审美上，然后女性会越来越精致。如果照这样发展，女性负责思考，男性负责挣钱的话，那阴盛阳衰了。

戴潍娜：就是佛经里面讲的阴阳失调的末法时代。

杨庆祥：那么你觉得这是你对这个世界的基本认知啦？认为这是末法时代。

戴潍娜：嗯，我认为是末法时代。

杨庆祥：什么意思？解释一下。

戴潍娜：世界已经到达一个混乱的节点了，未来的文明呼唤灵性的觉醒。

杨庆祥：那你觉得个人在这样一个时代应该怎样去安排自己的生活，或者是与这个世界互动？

戴潍娜：这是一个很深刻的问题，涉及人与世界的关系。佛活在每一具肉体上，现在的人苦痛太深了。

杨庆祥：所以这就谈到你的宗教了，你有没有信仰？

戴潍娜：我信佛不信教，信道不信教，信基督不信教。

杨庆祥：那你这是三教都信啊。

戴潍娜：宗教中的智慧跟物理、数学的巅峰是触碰在一起的。比如量子力学的很多观点都跟佛经相吻合的。哈佛大学的布朗维斯做了很多物理与宗教互证的工作。希格斯玻色子的发现更加证明宇宙是完美而有序的存在。我还是特别向往那种上古整全的人性。在末法时代，存在是鸡零狗碎的。木心谈文学时，有一段意思是说有大师了，大师的灵魂零零碎碎地活在了许多小师们的身上。末法时代呼唤新的人性、灵性。

杨庆祥：所以这就回到了宗教上。这让我想起了韦伯，他有两篇很有名的文章，一篇叫《以学术为志业》，一篇叫《以政治为志业》，大概在1920年代，他在演讲中说你们中间的一部分人，就讲那些学生嘛，你们很有可能卷入一种神秘的宗教主义，或者是赶时髦，或者是被迫。但是他说这一部分人是不能够担当，就是以政治为己任的。他说一个以政治为己任的人，恰恰是意识到了这个世界的丑陋、恐怖并且跟这个丑陋和恐怖纠缠在一起的人，跟它互动和搏斗。

戴潍娜：我很同情。

杨庆祥：但你这个我觉得是个人式的……

戴潍娜：我有一个很大的心愿，就是希望灵性修行能够传承普渡。

杨庆祥：就是灵性是大家都来参与的？类似于启蒙？

戴潍娜：不能说启蒙，很多前辈大师都已经做过这样的事情了。我是希望在实践层面做点事情。

杨庆祥：你这个观念很典型，你身边这种人多吗？

戴潍娜：很多啊。

杨庆祥：就是想通过理性的东西来解脱？

戴潍娜：你会发现对信仰感兴趣的人越来越多了，可是超越了求财许愿的，真正有理论修养的，有修行的人却非常少。

杨庆祥：对。

戴潍娜：章太炎先生说："佛教的理论，使上智人不能不信，佛教的戒律，使下愚不能不信，通彻上下，这是最可贵的。"我觉得可以在灵性的开发上多做一些事情。我们家算是有这方面的一些家学吧。现在太多的人年纪轻轻就一身老人病，这跟末法时代是相关的。

杨庆祥：最后一个问题，你将来大概会从事什么样的职业？或者你最理想的职业是什么？

戴潍娜：大部分时间还是想要从事写作和研究，但这只是一个方面。另一件我想做的事情是气功以及传统道家养生智慧的传承推广。

杨庆祥：这个也算是社会参与。

戴潍娜：这是很隆重的社会参与。

杨庆祥：很隆重的，好，你这个说得好，这是一种非常隆重的社会参与。那除了这个你觉得还有其他社会参与的方式你比较接受吗？

戴潍娜：还是很关注中国女性意识的觉醒。我一定永远是为女权主义摇旗呐喊的。

杨庆祥：其实你在我们这一代人里面算不上是一个虚无主义者，你有很强烈的社会参与感。这个很重要。

戴潍娜：虽然是以虚无为底色的，但是在"虚"里面生出了"实"吧。

杨庆祥：这个非常重要，就是你首先还是有一个虚无主义的。

戴潍娜：虚无主义是底色吧，但是虚里面要生出最实的东西。

杨庆祥：这个就是，正如有人说过的，就是要用出世的心，做入世的事。

戴潍娜：对。我经常想到沈福宗的故事。400年前，牛津大学柏德林图书馆收到了第一份来自中国的手稿，1604年的英国还没有人认识中文。直到又过了八九十年，一个名叫沈福宗的年轻人游历欧洲，才为他们翻译出来。那时候的牛津怎么也想不到，这份手稿日后会变成欧洲研究东方学重要的文献。我们不知道自己此刻的忙碌是何等徒劳，抑或在未来发挥何等蹊跷的作用。但至少，文字书写帮助自己从日常生活中撤出来，寻求一点快乐之上的意义。

杨庆祥：这个很好，还很积极。就是虚无主义并没有导致逃避，而是导致一种介入，这是另外一个辩证的关系。就是虚无并不必然等于逃避，虚无它可以生出力量。（采访）就到这里吧，挺好的。

戴潍娜：你觉得挺好的？我真心觉得不够。

妖灵仙道的传统

哲学家施太格缪勒曾有一个惊人的自问自答——"未来世代的人们有一天会问：20世纪的最大失误是什么？对此，他们会回答说：在20世纪，人们把物质说成是唯一真正的实在，唯物主义哲学成为绝大多数国家的官方世界观"。试图延续爱因斯坦无缝世界之梦的物理界前沿"弦理论"也认为，组成世界的基本粒子几乎是即生即灭，物质世界就是建立在这些瞬息即逝的"砖块"之上。我们生存在宇宙弦演奏的一曲宏大交响乐中，组成真实世界的基本单元乃是乐曲中的音符，而不是乐器本身。只可惜，这样的炫彩世界，凡眼俗胎都被障住了，不见其缤纷。

中国有句古话："三岁通鬼神。"意思是说三岁以前的小孩看到的是一个和成年人眼里完全不同的流彩世界，那个世界不是建立在物质的实在之上，相反，它是流动的。在那里，神鬼共处，时间扭曲，空间之间的界域被打破，因此格外斑斓生猛，无穷无尽。

若用一种文学来描绘这样一个通感的世界，透过纸背看去，许是一个未过三岁、天生异质的小儿在梦魇；他眼神忙活着，同时吃惊地在紧闭的眼皮下环顾左右四方（似乎预示着他随时可以长成一个眯闭着眼的说书人，用不着想象力，眼皮儿上面就是个活灵活现的世界），逻辑思维还没有全然建立；轻而易举地，他就被蚂蚁呼吸的震动叨扰，独自忍耐星星发出的噪音，和顺手可拨到的空气的不均匀。孩童的恐惧是没有底的，然而他还没有掌握已被成人盘剥到僵直的语言，他只能鼓足紫红色的腮帮子，竭力向大人们尖叫证明：千真万确还有另一个世界，你们自以为的现实不是唯一的真实！

我是很晚才开始接触到同时代作家的作品。早年间读萧红、张爱玲，字字珍爱；后来读马尔克斯受到打击——被他五十年前就已达到的才华和技巧打击到了；又后来读到米洛拉德·帕维奇，简直有了抄书的冲动。我期待中的小说是那种能量非凡的载体。像米洛拉德·帕维奇，那个神一样的老头，不用多看，打开书卷就有慑人的气息。书呢，最好厚一点，要慢慢读，每天读上一小节，就心满意足。读者像进了皇家酒店的食客，看着菜谱，每天可以点不同的菜，一天一个，一年到头不重复。读得多了，自己也技痒起来，诗歌的容器有点装不下了，就开始跃跃欲试写小说。还记得刚开始写小说时那种内在的躁动，浑身都在发炎的感觉，像被蜂蜇了一样。那是文字带来的疼痛和治疗。朋友打趣儿说，塞这么多华丽丽的"宝气"进去，你当真是要弄出点文学中的奢侈品来啊?! 后来有一回跟西川聊天，聊到西斯廷教堂里的画作，他道："优雅的艺术是哄着人的，而伟大的艺术对于受众而言却具有掠夺性。"我当下大悟，痛感之前的写作不得其途。那时我刚刚写完《海岸线上的白雨点》，结果小说被我写成了一件"标本"，一首一万九千字的长诗。我意识到自己的写作太过洁癖，期待西川能给我一些启发和指点。他学养和直觉都很强大，句句击中内核，直达我写作攀岩中的困惑："你的文章很清澈，但还缺一股尿臊味，就是那种放松的写法，能沸腾的，让你的才华一点就全涌出来的东西。但要找到这个沸腾是很难的。"我问他那我该向谁学习，他说了一串古今中外的作家，其中提到了印度的一批作家。日本的一些作家我也喜欢，比如大江健三郎，他的文字有黏性，沉重与阴柔的臻合，又不失轻逸，那是卡尔维诺在《未来千年文学备忘录》里谈到的"轻"。同样"轻"的特质在村上春树身上更为明显——这个伟大的勾引者，闷骚散淡的东拉西扯间，却有勾魂的秘技。不仅做到了和文字"游戏"，甚至做到了和文字调情。那是我一直想要驯服一种"压抑的双性恋"的表达方式。好的作家都必须雌雄同体。太雄性了，容易从脑壳中滑漏掉很多东西；太过阴柔，又承担不起这个时代。问题在于，你究竟是为时代工作，为政治工作，为个人工作，还是为永恒工作？"当你开始相信永恒时，你的一部分已经为永恒所接纳了"。

　　大约七八年前，我和一群写诗的朋友昏天黑地谈论语言的神性。那曾是长期干扰我的一个大问题。我们相信语言确实不是来自人类，而是来自大地。像植物一样，是大地的一种品性。最初，我们不会讲话，只会哼哼的时候，就是和植物一样。后来，我们延伸了这种感官能量，才有了说话和表达的能力。语言符号则是更后面的事情了。语言是生长在意识系统里的植物，符号是这种意识系统有限的承载体。音乐也是，但音乐更为神秘。就拿唱歌来说，它比说话要高出一个兴奋点。而这一切，都像白日梦一样在帮助我们的心神逃逸地心引力。那神圣的背后有一种苍茫，让人感动欲哭。语言这时成为人体一种被延伸出来的感官能力。

莫言得奖之后，许多人都在批评他的语言太过膨胀，这不无道理，有野心的作家很多都有"翻译体"的问题。像《失乐园》那样音节催生的巴洛克史诗，让人喘不过气来。汉语则不能这样，它生脆新鲜，同时又高古似缶。要拉长句子和篇幅实在有损于它的气质。中文微言大义，传统"空山"的简洁灵境，一经翻译往往神色黯淡。英文表达有时会有种绕圈子的趣味的智慧性，尽管内容其实没什么，但说起来就是有意思。这可能是语言天生的幽默感。许多中国作家写得很好的文本都是通不过语言的"海关"。然而全世界人民三岁前还不会说话时的感觉都是相通的。

话说回来，这种被"现实主义"日益打压的妖灵仙道的传统，恰是汉语的嫡传，是汉语胎里带出来的那点"仙"。从《道德经》到《唐传奇》，从《太平广记》到《聊斋志异》，最重要的东西需要在每一代人那里不断复制。那是一个民族的根器。写诗的好朋友人与有一次和我聊起灵性文学的话题。二人滔滔不绝。他是个很清澈的人，有句话让我印象很深：老子五千言，复制到今天就需要五万言，五百万言，因为我们的时代与他的时代有着截然不同的生活气息。席间，他认真道，要拿出三分之一的宗教精神来从事写作，意义将会完全不同，如果你达不到每秒7.9千米的速度，你怎么能够飞上天空，怎么能够成为地球的一颗卫星呢?! 一时间，我们近乎忘记了自己还在地球表面生活，还在为地心引力所牢牢吸引。人间早已不是那个人神不分、天地混沌的上古先民的人间了，然而，在尘土满腹的马路上和一棵平凡小树交心，这个场景远比在一尘不染的森林仙境中聆听天音更让人潸然泪下。

"现实主义"只是一顶可戴可脱的帽子，可以混搭得非常自在。其中轻与重，广阔与尖锐的矛盾，本身构成了一个多维空间——它所反映的"现实"显然不是那么简单粗糙。苏珊·桑塔格曾经忧虑绘画作为一门艺术，会被彻底反映现实的照相术侵略。如今，连照相都已成为了本世纪行将消失的职业。年轻男女们纷纷活在美图秀秀里。影像技术对于视觉的掠夺，使得文学变得更加的艰难。失去了视觉维度的优势，文学必然需要增加其他更多感知的维度。它必须承担起那个看不见的世界！

我们对世界有限的"知识"和"知道"，连同分支众多的现代学科，或许只是大自然这个有机体的几根毛细血管。即便历史，那也很快会被代谢掉。永不凋朽的，是人们在历史大背景下所感受到的每一个丰富瞬间，它包括了我们目力之外的宏大和微小的世界。现如今叫嚣尘上的"现实主义"，很多实为"伪现实主义"，它取缔了其他种类现实的存在，只容许一种被接纳的现实。此乃是极权主义在文学领域糟糕的后遗症。会有更多徘徊在门外的"现实"等待我们。真理是一个黑暗的球体，人们在一面用知识去照亮它的一角，如盲人摸象；另一些人则在反面，用等同于暗物质的只可计算不可显像的智慧去擦亮它的另一边。这一角与另一边也许是同一处，也许是天壤之别。在一个科技失控的时代，如果文学无力承载黑洞的智慧，无法呈现多一重的"历史"与"现实"，那么，这个时代的文学将是失职的。

2012年11月31日

成为同时代人

对于时间的多重占有，恐怕很能体现诗人与时代的深层关系——它不是线性的，更不是单一的。

诗人从来不止生活在一个时代。然而不可否认，我们分享并分担着支离破碎的此时此刻。二十年来，诗坛热热闹闹的自嗨，全国上下日产诗歌十万首，名门正派与魔教林立，如同无边的政治生活中升起的一座座孤岛。然而海上的观象台，它无法抵御去探测海平面之下隐蔽岛架的野心与决心——群岛的底座相连，如同巨大的握手。

按照拉康的理论，现实界是一个原初统一体存在的地方。世界在经历痛苦的分娩与分离之后，同时代的人，已非一个物理的统一体，而是一个心理的统一体。在一个小趣味的小时代，以古典主义的理性烈焰和灼热的宗教般的信仰去重立"同时代人"的大旗，这无异于海明威《老人与海》中，圣地亚哥拉起的那张面粉修补的象征永远失败的大帆——它注定会承受来自各方风暴的嘲弄与攻击。

为了得到一个有效的教学模型，必须引进一些虚拟的常数；为了收集一些金光闪闪的子弹，必须创造一个假设的靶心。而

"假设"的全部意义正在于迎接属于它的失败。卡尔·波谱在面对科学研究时强调："一个好的理论的特征是，它能给出许多原则上可以被观测所否定或证伪的预言……抛弃或修正理论是迟早发生的事。问题就在于人们有无才干去实现这否定或证伪。"

是的，问题就在于，人们有无这样的才干。

任何理论，若要尝试描述上帝舌尖上跳跳糖般，充斥着不间断无害小爆破的当代诗坛，无一例外必须引入历史的时间。在"同时代人"的概念里，内置有一套自带的钟表。量子引力论相信，空间时间在普朗克尺度下是不平坦的，泡沫的状态。如今再用一套线性时间作为参照来定义一代诗人的属性，这和牛顿的绝对位置（绝对空间）理论一样，早已沦为被否定的旧把式。可既然如此，为什么日常生活中我们还要继续延用牛顿的概念，而不以爱因斯坦取而代之呢？这答案可以写十本书，也可以就三个字：更好用！同样的，我们要问：既然真实的历史时间是由无数意识与无数情感交织而成的每一瞬间，连同事件在这些瞬间截点上向着四面八方进发的可能性——那么，为什么还要提出"同时代人"这样基于老套线性时间的历史概念？

要回答这个问题，不妨在此引入一个常用的几何模型。

历史由诸多事件串联而成，这些事件犹如投进湖泊的小石子，在湖面形成不断扩张的圆圈。若将这个三维模型设想为包括二维的湖面和一维的时间，由一个事件散开的光在四维时间里就

157

形成了一个三维的圆锥，霍金将这个圆锥称为事件的"未来光锥"，同理可以画出另一个"过去光锥"。

现在，设想我们在这一模型中放弃一维时间的常量，那么封闭的锥体将不再成立，光将会逸散进混沌的虚无中去。于是，在探讨过"同时代人"诗歌概念时，为了保存即将逃逸进黑暗的光芒，我们也许依旧需要这些"过去光锥"与"未来光锥"。

万花筒之心

—— 读戴潍娜诗集《面盾》

［美］梅丹理（Denis Mair）

戴潍娜的心智就像是一个万花筒。

有意思的是，她的诗句不会轻易提供窥探她人格个性的"句柄"。她的代表作《面盾》重新唤醒了萦绕我意识深处的老问题——也即关于"宇宙人"的思考。深邃奥妙的"宇宙人"，乃是给一个无底深渊贴上了人格化的上帝面孔。然而真实地说，每个人的脸孔都是一层面具，如果你进入到任何人或任何人格化上帝的内心深处，你都会发现一个客观的深渊。正如戴潍娜在诗歌中所陈述的，每个人的脸都是一团谜，谜底是危险的。关于"宇宙人"的一个更有趣的说法是，宇宙本身即一种宏大人格的孵化过程。像耶稣这样人格化的上帝，正是表达了我们对这个孵化过程的敬畏之情。事实上，我们并不知道它如何发生，但我们可以感知它正在发生。我们渺小的脸孔，就像指向其即将成为的至高无上辽阔无边的宇宙人格的指针，然而，我们无法走到那么远，于是，我们的面孔成为了一个临时舞台，一个用来对抗脸孔之下或脸孔之外无限深渊的有限的防护罩。戴潍娜在诗中关于宇宙人格的符号非常丰富，我于是可以用她的符号来思考我的问题。

戴潍娜在《不完全拷贝》一诗中对"博士"的刻画狡猾且顽皮。比如这一句"为了立刻看到美国，修道者开天眼，科技开发视频。博士的方法是试验真理的隔空搬运。真理太多，大真理吃掉小真理，真理的世界也有新陈代谢，我劝博士不要白费力气"。这实在是真正的哲学幽默。如果她可以将她的哲学幽默形成一个完整体系，我想那对人类是有帮助的，人类需要真正智力性的欢笑。他们可以走入她诗歌中的迷宫，然后咧嘴笑着走出来。她在《不完全拷贝》中嬉笑怒骂的"真理"，让我联想到她另外一首诗《克莱因瓶·钓人》中"隐形的鱼线"，那又是另一个关于真理的极棒的隐喻。对于戴潍娜将神话元素编织进故事的能力，我是非常尊敬。

她的用词常有别致，《回声女郎》中她两次用到"气根"一词，呈现一种既脆弱又尖锐的质地，她在写到一个迷雾笼罩的女性角色时用到这个词，让人遐想。同一首诗中她描写戏水用了另一个词语"凫水"，让我联想到鸭子在水上漂浮之态。这个词在一些方言中用的多，鲁迅在《社戏》里曾经用过。回声女郎本为妖，里面有一些生物的野趣。

我很难判别戴潍娜究竟是哪一类高智，她是个物理学家？一个基于其女性主义思想根基，如乌贼一样喷射出墨团般思想的抒情诗人？一个神话讲述者？一个恶作剧的淘气鬼！无论如何，我享受阅读她的诗歌，且会继续这种享受，并借此思考属于我自己的问题。

图书在版编目（CIP）数据

我的降落伞坏了 / 戴潍娜著. — 2版. — 成都：
四川文艺出版社，2019.4
ISBN 978-7-5411-5290-0

Ⅰ.①我… Ⅱ.①戴… Ⅲ.①诗集—中国—当代
Ⅳ.①I227

中国版本图书馆CIP数据核字（2019）第038270号

WO DE JIANGLUOSAN HUAILE

我的降落伞坏了

戴潍娜　著

责任编辑　余　岚　奉学勤
封面设计　鸿儒文轩·书心瞬意
内文设计　史小燕
责任校对　王　冉

出版发行　四川文艺出版社（成都市槐树街2号）
网　　址　www.scwys.com
电　　话　028-86259285（发行部）　　028-86259303（编辑部）
传　　真　028-86259306

邮购地址　成都市槐树街2号四川文艺出版社邮购部　610031
印　　刷　三河市华东印刷有限公司
成品尺寸　142mm×210mm　　开　本　32开
印　　张　5.5　　　　　　　　字　数　110千
版　　次　2019年4月第二版　　印　次　2021年4月第三次印刷
书　　号　ISBN 978-7-5411-5290-0
定　　价　45.00元